Gabriel Barylli

Wer liebt, dem wachsen Flügel

Gabriel Barylli

Wer liebt, dem wachsen Flügel

Roman

NYMPHENBURGER

Für Therese, Marcello
und die anderen Mitglieder der
Buschpatrouille

Schutzumschlag: Wolfgang Heinzel
Schutzumschlagillustration: Herz durch Brauch,
Hube & Partner Werbeagentur im Auftrag von Concorde
Satz: Schaber Satz- und Datentechnik, Wels
Gesetzt aus 11,5/14,5 Punkt Stempel-Garamond in QuarkXPress
Druck und Binden: Graphischer Großbetrieb Pößneck
Printed in Germany
ISBN 3-485-00809-5

»Es wird länger Rosen
geben auf diesem
Planeten – als falsche Götter.«

Christian Reiter

Alles, was wir brauchen, ist Liebe. So weit – so gut. Jeder, der diesen Satz hört, nickt und stimmt zu. Sechs Milliarden Menschen kennen diesen Satz und lächeln und sagen: »Ja, so ist es«, wenn sie ihn hören. Dann nicken sie langsam mit dem Kopf – zustimmend und verträumt –, und dann leben sie traurig weiter, weil es bei niemandem klappt mit der Liebe.

Warum ist das so? Wie kann das sein, daß alle Menschen auf diesem Planeten in einer so wichtigen Frage ihres Lebens dieselbe Meinung haben und trotzdem scheitern? In allen anderen Fragen der Existenz unterscheiden wir uns so sehr voneinander, daß man manchmal glauben könnte, wir würden nicht alle von derselben Urmutter aus Afrika abstammen. Es gibt sechs Milliarden verschiedene Augenpaare, sechs Milliarden verschiedene Gerüche, die wir verströmen, hunderttausend verschiedene Götter und Göttinnen. Jeder von uns versucht den Hauptteil seiner Lebenszeit, sich von seinem Nächsten zu unterscheiden, um als selbständiges Wesen akzeptiert zu werden. Kurz gesagt: Uns voneinander zu unterscheiden ist eines der Hauptmerkmale unserer Rasse. Aber einen Punkt gibt es, in dem wir alle übereinstimmen: Alles, was wir brauchen, ist Liebe – und keiner kann ihn in seinem Leben verwirklichen. Ein Rätsel der Existenz? Einer der vielen, vielen Witze Gottes, die er sich selbst zu seiner Belustigung erzählt? Ein Irrtum?! Wer will es sagen...

Vielleicht ist die Ursache unseres Scheiterns darin zu finden, daß wir glauben, es wäre schon genug zu wissen, daß alles, was wir brauchen, die Liebe ist. Vielleicht liegt unser Nicht-Können darin, daß wir nicht wissen, wie es geht, das Lieben. Ja... – wahrscheinlich ist das eine der vielen möglichen Erklärungen. Es ist so, wie wenn man am Strand sitzt – irgendwo im Süden – und zur Sonne emporblickt. Die Sonne ist da – sie war immer da und wird immer da sein. Sie wärmt, ist hell – und seit neuestem zerstört sie unsere Haut, weil wir nicht wissen, was wir tun – doch das ist eine andere Geschichte.

Wo war ich?! Ach ja – wir sitzen also am Meer und blicken in die Sonne, und es ist uns selbstverständlich, daß sie da oben hängt. Keiner fragt: Warum, woher, wieso, wie lange noch? Wir sitzen einfach da und wärmen uns. Genau so, denke ich, ist es mit der Liebe in unserem Leben. Eines Tages machen wir die Augen auf, und sie ist da. Groß, rund, warm und hell hängt sie in unserem Lebenshimmel und läßt uns leben. Von einem Tag auf den anderen werden wir von Wesen, die nur existiert haben, zu lebendigen Menschenwesen, die einen Sinn in ihrem Dasein verspüren. Wir lassen uns durchglühen von der sonnenden Kraft der Liebe, ohne nachzudenken, und plötzlich ist sie wieder weg. So wie die Sonne am Abend versinkt, so versinkt die Liebe immer wieder in unserem Leben hinter dem Horizont, und es wird wieder kalt. »Ja, das ist eben der Lauf der Dinge«, höre ich einige sagen; und dieselben, die das sagen, sagen auch, daß man die Sonne ja auch nicht am Versinken hindern kann. »Richtig«, antworte ich, »die Sonne nicht, aber die Liebe!«

Ich glaube zutiefst daran, daß man die Liebe am Versinken hindern kann, wenn man sich voller Respekt vor ihrer Kraft klarmacht,

daß man etwas tun kann für sie. – Für die Liebe.
Das ist wahrscheinlich der entscheidende Gedanke, den man einmal in Ruhe zu Ende denken sollte. Man kann etwas tun – für die Liebe –, wenn sie schon einmal die Güte hatte, unser Leben plötzlich zu erleuchten. Mir fällt in diesem Zusammenhang das Bild eines Baches ein, der durch einen Wald rinnt. Als kleiner Junge bin ich nämlich unwahrscheinlich gerne lange und allein in den Wäldern hinter unserem Haus herumgestreift und habe mit den Bäumen, der Erde und dem Wasser gespielt. Da gab es einen wunderbaren, klaren Bach, der mitten im dichten Wald aus dem Boden gebrochen ist. Einige Meter neben einer riesigen Tanne hatte der Waldboden plötzlich ein kleines Loch, und aus dem Loch kam Wasser heraus. Das Wasser sammelte sich in einer Rinne in der Erde und dann in einem weiten Becken aus Steinen und Wurzeln, und aus diesem Becken strömte es weiter den Berg hinunter. Nach ein paar hundert Metern traf es sich mit einem zweiten Bach und vereinigte sich mit seinem Wasser, und gemeinsam strömten die beiden kleinen Wasser – nun zu einem schnellen Wesen geworden – munter

und hurtig dahin. Munter und hurtig. Ich liebe diese Wörter. In einem meiner Lieblingsbücher aus dem Beginn unseres Jahrhunderts habe ich sie zum ersten Mal gelesen. »Munter und hurtig« benannte der Dichter damals die Art, wie Wasser einen Berg hinunterrinnen kann. Munter und hurtig …
Gut. – Munter und hurtig rann also der Bach aus meiner Kinderzeit den Berg meiner Kinderzeit hinunter, und mein schönstes Spiel war, ihm an manchen Stellen Dämme zu bauen. Es gab eine dafür besonders geeignete Stelle zwischen zwei Fichten. Ihre Wurzeln hielten sich an den Händen, und das Wasser schoß zwischen ihnen hindurch und schäumte und kräuselte sich zu hellen, weißen, spiralförmigen Strudeln. Zwischen diesen beiden verliebten Fichten legte ich von Zeit zu Zeit einen Damm an. Ich schichtete Steine und Zweige auf, so daß sie ein dichtes Geflecht bildeten, und dann stopfte ich die Zwischenräume mit Moos und Erde aus. Bei diesem Ausstopfen mußte man sehr schnell sein, weil der Druck des Wassers stärker wurde, je weniger freien Raum es zum Fließen fand. Bei meinen ersten Dammbauversuchen blieb das Wasser auch immer Sieger, weil es das abdichtende Moos und die Erde

schneller davontrug, als ich neues Material heranschaffen konnte. Mein Fehler war ganz einfach, daß ich das Moos von zu weit verstreuten Stellen heranbrachte, und in meiner auch noch so kurzen Abwesenheit von meinem Damm war alles bereits angeschüttete Dichtungsmaterial schon wieder weggespült. Meine Rechtfertigung besteht darin, daß ich damals noch sehr klein war und die Kunst der Voraussicht und der Planung eine mir noch unbekannte war. Nach drei bis vier Fehlschlägen jedoch hatte ich eine sehr zielführende Strategie entwickelt. Ich türmte neben den Fichten einen riesigen Berg an Lehm und Moos auf und begann, mit rasender Geschwindigkeit alles zu verbauen. Auf diese Weise gelang es mir, schneller abzudichten, als das Wasser wegspülen konnte, und nach einigen Minuten bildete sich hinter meinem Stauwerk ein kleiner See. Die nächste Stufe bestand darin, daß ich vorausschauend Erdwälle angeworfen hatte, und zwar an den Stellen, an denen man den Fluchtweg des Wasser vorhersagen konnte. Mit viel Hingabe und Schnelligkeit gelang es mir in einem sehr heißen Sommer einmal, einen so großen See aufzustauen, daß ich hineinspringen konnte, um mich abzukühlen.

Ich lag in meinem selbstgeschaffenen Naturkunstwerk und blies das eingezogene Wasser wie eine Brunnenfigur mit vollen Backen über den Wasserspiegel. Ich liebte es, so flach im Wasser zu liegen, daß meine Augen dicht über die Oberfläche blickten. Dann öffnete ich den Mund und ließ Wasser hineinströmen, tauchte unter und blies das Wasser durch die Oberfläche wie ein prustender Wal. Oft lag ich so stundenlang im kühlenden Naß – »kühlendes Naß ...« auch ein Begriff aus demselben Buch, in dem ich die Worte »munter und hurtig« gefunden hatte – und beobachtete Tannennadeln, die über meinen See trieben. Sie wurden an der Einmündung hineingespült, kreiselten eine Weile in der Mitte meines Teiches und verließen ihn dann wieder, indem sie über die Ränder der Uferkrone gerissen wurden. Und wegen dieses kurzen Augenblicks – des Augenblicks, in dem das Treibgut über die Uferkrone gerissen wurde –, wegen dieses Augenblicks muß ich an die Kraft der Liebe denken. Es war nämlich niemals möglich, die ewig nachdrängende Kraft des Wassers endgültig in mein Bauwerk einzusperren. Früher oder später machte das Wasser mit meiner Konstruktion, was es wollte. Erst in einem kleinen

Durchbruch, dann diesen Durchbruch verbreiternd, dann einen zweiten, einen dritten Durchlaß findend, öffnete das so bescheiden wirkende Element alle Sperren, um seiner Natur nachzugeben. Diese Natur des Wasser heißt: Fließen. – Ungehindertes Fließen.
Ja ... Dieses Bild ist es, das immer wieder vor dem inneren Auge auftaucht. Das heißt also, wenn ich meine Nachdenklichkeit richtig interpretiere, daß das Edelste, was man tun kann, das Beseitigen von Hindernissen ist. Das Beseitigen von Hindernissen auf dem Weg zur Lebendigkeit kann helfen, wenn man darüber nachsinnt, warum es bei sechs Milliarden Menschen mit der Liebe so selten zu einem Glück führt, das nach vierundzwanzig Stunden nicht schon wieder hinter den Bergen der Alltäglichkeit versinken soll. Was denken Sie?
Ach so – verzeihen Sie ... Verzeihen Sie meine Eile – ich habe mich ja noch überhaupt nicht richtig vorgestellt und rede schon über das wichtigste Thema der Welt mit Ihnen. Verzeihen Sie!
Ich heiße Christian. Christian Reiter. Ich bin – wie Sie vielleicht aus meinen bisherigen Ausführungen entnehmen konnten, ein Mann. Ich bin ein – so denke ich zumindest über mich –

ganz normaler, westlicher Mann unseres zu Ende gehenden zwanzigsten Jahrhunderts. Ich bin – halt, lassen Sie mich Ihnen zuerst erzählen, warum es mir wichtig erscheint, Ihnen mitzuteilen, daß ich ein – westlicher – Mann bin. Ich bin deswegen so sehr davon überzeugt, daß es wichtig ist, weil wir in unserer westlichen Welt zum ersten Mal in der Geschichte der Menschheit an einem Punkt angekommen sind, den es so noch niemals gegeben hat.
Wir wissen nämlich nicht mehr weiter.
So klar und einfach kann man es formulieren, wenn man Lust hat auf einfache Sätze. Wir westlichen Männer wissen nicht mehr weiter. Gut – auch die Männer des Ostens und des Südens wissen in Wirklichkeit nicht mehr weiter. Aber diese Männer wissen es nicht so schmerzhaft, daß sie in Wirklichkeit nicht mehr weiter wissen. Es ist ziemlich unnütz, darauf hinzuweisen, daß das Nichtwissen unserer Brüder nur ein Ergebnis ihrer Verdrängung ist; doch wir westlichen Männer wissen, daß wir wissen, daß wir am Endpunkt einer zehntausend Jahre langen Geschichte der Liebesunmöglichkeit angekommen sind. Es ist ein Teil der Geistesgeschichte unserer westli-

chen Kultur, sich selbst so lange in Frage zu stellen, bis man notgedrungenerweise zur Erkenntnis kommen muß, daß man weiß, daß man nichts weiß.
Das meine ich jetzt nur in bezug auf die einzig wichtige Frage des Lebens. Diese Frage lautet: Wieso können wir nicht lieben, obwohl wir doch alle wissen, daß Liebe das einzige ist, was wir brauchen? Lassen Sie mich deshalb doch noch einmal die Frage stellen, wieso unsere Brüder im Osten und Süden so tun können, als hätten sie dieses drängende Problem nicht in dem Maße, in dem wir es haben: das Problem mit den Frauen.
Das Problem besser gesagt, daß es so, wie es bisher immer ging, nicht mehr geht. Dieser Satz bringt mich natürlich zu der Einsicht, daß es ja noch nie wirklich gegangen ist. Trotzdem ist es uns westlichen Männern eine Zeitlang gelungen, so zu tun, als gehe es. Und auf diesem Niveau leben unsere Brüder im Osten und Süden auch heute noch.
Ein Witz kann manchmal mehr erhellen als ein zweistündiges Referat – verzeihen Sie mir also, wenn ich Ihnen einen kurzen Witz erzählen möchte, der die Probleme unserer heutigen Welt auf das Köstlichste fokussiert. Also: Da

sitzen zwei Herren in einem Innenstadtcafé und trinken Campari Soda. Mit einem Stück Orange und je zwei Eiswürfeln. Dieser Umstand ist nicht ausschlaggebend für die Pointe des Witzes, es zu erwähnen entspringt nur meiner Sehnsucht nach – Genauigkeit. Gut – sie sitzen also da und trinken ihren Campari Soda und philosophieren über das Leben und die Frauen. Da sagt der eine der beiden Männer mit einem Mal zu seinem Tischnachbarn: »Wissen Sie, warum die Frauen zehntausend Jahre lang unterdrückt wurden?« – »Nein, warum?« antwortet der Angesprochene neugierig. Daraufhin nimmt der Fragende bedächtig seinen Campari Soda mit zwei Eiswürfeln und Orangenstückchen und sagt leise: »Es hat sich bewährt ...«

Habe ich Sie zum Lachen gebracht? Ja? Nein? Mußten Sie lachen oder weinen? Oder haben Sie zu lachen begonnen, weil Ihnen die Sprengkraft dieses Witzes bewußt geworden ist, und haben Sie sich daraufhin selbst im Lachen unterbrochen, weil Sie erkannt haben, wie bodenlos traurig die Basis der gesellschaftlichen Realität ist, auf der dieser Witz entstehen konnte? »Was für eine Frage«, denken Sie sich, weil Sie ein der Aufklärung verpflichteter, urbaner, westlicher Mensch sind, der an der Unterdrückung der Frau pflichtgemäß nichts Lustiges finden kann. Das wäre genauso, als würde man über das Ozonloch Witze reißen und über das Waldsterben. Aber Sie müssen mir recht geben, wenn ich sage, daß erst unser Wissen über das Ozonloch uns aufgeklärte westliche Menschen in ein Sonnenbaddesaster geführt hat. Die, die nicht wissen, was sie tun, genießen immer noch nur die Wärme der Sonne. Sie genießen die Wärme einer Sonne in einer Haltung der Sorglosigkeit, die einfach angesichts der Tatsachen nicht mehr zeitgemäß ist. So – und genauso ist es in der Frage der Liebesunfähigkeit zwischen den Menschen. Die Frage der Liebesunfähigkeit zwischen den Menschen muß nämlich irgendwann einmal zur Frage nach den Formen führen, in denen wir unser Leben verbringen.

Es ist so simpel wie die Frage, ob ein Gewässer in einem festgemauerten Bett strömt oder sich seinen Weg frei wählen kann. Das eine wird mechanisch und ohne Ablenkung dahinrasen, während das andere zehntausend Ablenkungen, Irrwege, Strudel und Wasserfälle erfahren wird. Dieses Bild, dieser Vergleich der Bilder, paßt auf den Vergleich zwischen den westlichen Männern und ihren Brüdern im Osten und Süden. Die Nordmänner rechne ich, wie Sie schon erfühlt haben, zu uns Westmännern. Die Ost- und Südmänner leben in einem nach wie vor weitgehend festzementierten Lebenslauf, der ihnen die Mühen der Nachdenklichkeit fast flächendeckend erspart. Die Religion, die Väter, der Staat – alles das, was der Mensch sich geschaffen hat, um seine Selbstverantwortlichkeit abzugeben –, all diese Autoritäten, die nur dadurch überleben, daß sie von ihren Anhängern die Macht delegiert bekommen – all diese Autoritäten der Ost- und Süd-Männer erklären einhellig die Unterdrückung der Frau zum Kulturideal. Das ist ein sogenanntes Kulturgut, obwohl man dieses Wort an einer anderen Stelle unseres Gespräches einmal genau überdenken wird müssen. Kulturgut! ...

Also gut: Seit zehntausend Jahren unterdrükken weite Teile der Menschheit ihre Frauen. Warum? »Weil es sich bewährt hat«, erinnern Sie sich jetzt und denken an einen Campari Soda. Ja! Ja, es hat sich bewährt, das ist nicht in Frage zu stellen. Die Frage ist nur, wofür hat sich diese Unterdrückung bewährt? Ein Stachelhalsband für einen wilden Hund bewährt sich auch in dem Moment, in dem es dem Wesen Gottes, das einfach nur laufen will, die Luft abschnürt. Wer fragt den Hund?

Mit andern Worten: Die Kulturgeschichte des Geschlechterkampfes läßt sich auf eine einfache Formel bringen. Die einen haben das Stachelhalsband in ihrer Hand, und die anderen dürfen sich nicht bewegen. So einfach. Und das hat sich bewährt. Dieses System hat sich unter folgendem Aspekt bewährt: Dieser Aspekt heißt Faulheit. Wenn ich mich mit einem lebendigen Wesen, das seine Natur zu meinem großen Erstaunen und Befremden ungehemmt ausleben möchte, nicht auseinandersetzen will, dann ist das Faulheit. Wenn ich von meinem schattigen Platz unter dem Birnbaum vor meinem Haus nicht aufstehen möchte, um den unberechenbaren Bewegungen meines Partnerwesens zu folgen, dann ist das Faulheit. Wenn ich nicht möchte, daß eine Frau mich mit ihrer so anderen Seelennatur aus dem sogenannten Gleichgewicht bringt, indem sie tut und läßt, was sie will – und wenn ich sie in dem, was ihre Freiheit ist, zu behindern versuche, dann ist das Faulheit. Diese Faulheit des Geistes ist es, die zur Grausamkeit der Lebensformen führen muß. Diese

Grausamkeit im Alltag, in den Nächten, in der Kindheit, im Alter ist es, was man ein Kulturgut nennt. Ich hoffe, Sie erfühlen den Anklang der Ironie, der mich treibt, während ich das Wort Kulturgut auf der Zunge zergehen lasse. Faulheit ist die Triebkraft hinter der Unterdrückung der Frauen. Ja ... Nein ... Ich weiß schon – nicht nur Faulheit, sondern auch Angst, Machtlust, Feigheit, Unbarmherzigkeit, sexuelle Maßregelung – und was einem noch alles einfallen mag. Aber, verzeihen Sie mir, wenn ich es auf das einfache, nicht so modische Wort Faulheit reduziere. Vielleicht bringt uns die Nicht-Strapaziertheit dieses Wortes auf einen neuen Gedanken, den wir noch nicht gewohnt sind.

Nun gut, die Ost- und Südmänner also ... Hmm ...

Vielleicht ... Ja ... Vielleicht darf ich Ihnen zuerst noch ein wenig von mir erzählen? Also – welche Art von Westmann ich eigentlich bin. Ich denke, es könnte für Sie von Interesse sein zu erfahren, wie das Gebäude meines Lebens aussieht, damit Sie dann beurteilen können, unter welchem Aspekt Sie meine Sicht der Dinge begreifen wollen ... Ja. Sie merken schon, es kostet mich ein wenig Überwindung, so direkt von mir zu reden, weil … Nun gut … Wahrscheinlich ist das ein Teil meiner Erziehung, die, wie bei so vielen von uns, zu einer gewissen Form der Bescheidenheit geführt hat. – Ja … Also gut …

Wenn man anfängt, ein Leben verstehen zu wollen, sollte man immer damit beginnen, die ersten Erinnerungen wachzurufen. Wenn einem das gelingt, weiß man nämlich ziemlich genau, welche Art von Seele man vor sich hat, und bekommt in der Folge eine Ahnung, welche Prioritäten im Gefühlsleben dieser Seele vorherrschen. Es ist ein immenser Unterschied, ob die ersten Erinnerungen eines kleinen Buben damit beginnen, daß er gesehen hat, wie seine Mutter eine Vase nach seinem Vater wirft, oder ob er beobachtet hat, daß sein Vater immer betrunken nach Hause gekommen ist, um der still weinenden Mutter eine zu scheuern, weil die Suppe kalt war. Ich denke, Sie verstehen, worauf ich hinauswill. Zu meiner großen Erleichterung darf ich Ihnen sagen, daß meine ersten Bilder von der Welt, die sich in mir abgesenkt haben, von anderer Natur waren. Wenn ich den Schleier der letzten Jahre beiseite schiebe, sehe ich mich, wie ich allein unter einem Apfelbaum sitze und warte ... Sie erinnern sich vielleicht ... Ich habe vorher schon einmal darauf hingewiesen, daß hinter meinem Elternhaus ein Wald lag, in dem ich manchmal den Bach ... Sie erinnern sich ... Gut ... Nun, dieser Wald war auch von großen, weiten Feldern und Wiesen umgeben, die auf sanft geschwungenen Hügeln lagen, wie verschiedenfarbige Badetücher an einem sonnigen Strand. Langgezogen und geometrisch ausgemessen lag da ein Rapsfeld neben einem Kornfeld, das neben einem nur von Klee bestandenen Acker auf die Ernte wartete. Siebenunddreißig Millionen gelber Blüten tanzten auf ihren grünen Stengeln und wiegten sich mit den Bienen im Sommerwind, während ich unter meinem Apfelbaum saß und wartete. Dieser Apfelbaum wiederum stand einige Schritte von einem verlassenen Bauernhaus entfernt, das auf dem Hügel lag, hinter dem der Wald war, in dem ich den Bach ... Sie erinnern sich ... Gut ...

Sehen Sie die Landschaft vor sich ... Den Wald – den angrenzenden Hügel – auf dem das verlassene Bauernhaus steht – davor der Apfelbaum – ich unter dem Apfelbaum – und vor mir sanft abfallend – die rechteckigen Felder – die ... Halt, ja genau ... Danke, daß Sie mich zur Genauigkeit zwingen. Am Ende der sanft abfallenden Felder ging es ja noch weiter, dort lag nämlich quer zu meinem Blick eine alte Landstraße, hinter der wiederum in einer weiten sanften Senke ein See dunkelblau schimmerte. Weich und langgezogen erstreckte sich der See vor meinem Blick, und an günstigen Tagen war seine Oberfläche mit kleinen, weißen Dreiecken übersät. Es waren die Segel unzähliger Segelboote, und mit »günstig« meine ich die Tage, die für segelverliebte Menschen günstig sind, weil es genügend Wind gibt, um mit dem Kreuzen zu beginnen.

So ... Nun, denke ich, ist Ihnen das Panorama einigermaßen vor Ihrem inneren Auge präsent. Obwohl es sich niemals mit dem Bild meiner Wahrheit decken wird, können wir sicher eine gemeinsame Ahnung entwickeln, von welcher Art von Landschaft ich Ihnen erzählen möchte.

Wissen Sie, eigentlich würde es mich jetzt sehr interessieren, welche Art von Feldern Sie zum Beispiel während meiner Aufzählung gesehen haben. Das Kornfeld zum Beispiel ... Wie hoch ist das Korn in Ihrer Phantasie – wie gelb ist es – sehen Sie auch, was ich damals gesehen habe – sehen Sie – sehen Sie zum Beispiel Blumen in dem Feld – Ja? Ich verrate Ihnen, daß mein Kornfeld dunkelgelb war und daß an den Rändern rote und blaue Punkte zu erkennen waren. Wenn Sie näher herangehen, sehen Sie, warum. Kommen Sie, fliegen wir schnell einmal hinunter ... Sehen Sie – die roten und blauen Punkte sind Mohnblumen und Kornblumen – schön, nicht? – und die weißen, beweglichen Punkte sind Schmetterlinge, die glückselig im Sonnenlicht herumtorkeln – ja – aber die sehe ich auch erst jetzt wieder, wo wir so nahe an den Feldrand geflogen sind. – Kommen Sie, fliegen wir wieder unter meinen Apfelbaum zurück, unter dem ich gerade als kleiner Bub sitze und warte ...

Wie meinen Sie? Ach so – ja ... Das Bauernhaus, das alte, verlassene Bauernhaus links hinter mir – ich verstehe. Das sollte ich Ihnen noch kurz beschreiben. Also, es ist ein recht kleines Haus von der Art, die zweiteilig gebaut ist. Zweiteilig heißt in diesem Fall, daß das Erdgeschoß gemauert ist und der erste Stock aus Holz gebaut. Die Wände des Erdgeschosses sind außen mit hellblauer Farbe bemalt und die etwas erhaben abgesetzten Fensterumrahmungen sind weiß gestrichen. Die alten Holzbalken des ersten Stockes liegen lang und dunkel gebeizt auf den hellblauen Mauern, und das Dach ist aus Holzschindeln, auf denen verstreut schwere Steine liegen. Hinten, wo es in den ehemaligen Stall geht, hängt eine geborstene Tür in dicken, rostigen Angeln – aber davon erzähle ich Ihnen später mehr.

So ... Nun sind wir fast komplett mit unserem Bild ... – Halt! Moment ... Der Apfelbaum ... eine gute Frage! Was für ein Apfelbaum ist es denn, unter dem ich da sitze und warte? Hat er grüne, gelbe oder rote Äpfel? Er hat rote Äpfel – rote, kleine altmodische Landäpfel hängen an seinen Zweigen, und Dutzende von ihnen liegen um seinen Stamm verstreut in der hohen Wiese ... Die Wiese ist deshalb so hoch, und die Äpfel liegen deshalb so verlassen in der hohen Wiese um den Apfelbaum, weil das Bauernhaus ein verlassenes Bauernhaus ist und sich niemand um die Wiesen und Bäume kümmert. Mit anderen Worten: Es ist ein idealer Platz, um dazusitzen, sich mit dem Rücken an den Stamm zu lehnen und zu warten. Die Sonne steht am höchsten Punkt. Leise summt eine Wespe an mir vorbei und landet auf einem der roten Äpfel, die in dem hohen, ungemähten Gras vor sich hinmosten. Aufgeregt krabbelt sie auf der roten, glänzenden Apfelhaut hin und her, bis sie zu der Stelle findet, die sie magisch angezogen hat. An einer Stelle fängt der Apfel nämlich schon leicht zu modern an, und dieser süße, schwere, mostige Duft hat die Wespe angelockt. Sie kaut und saugt an den weichen Stellen, und wenn sie so weitermacht, wird sie vermutlich schwer besoffen zu ihrem Wespenvolk zurückkehren. Da sitze ich also … Ich bin sieben Jahre alt und habe Bluejeans an und ein helles Hemd und warte. Aha … Ich habe Ihnen noch gar nicht gesagt, worauf ich eigentlich warte – ja – aber da kommt sie ja schon – sehen Sie den staubigen Punkt, der sich sehr schnell vorwärtsbewegt und jetzt in die Felder einbiegt, um hier heraufzukommen? Es ist Valerie auf ihrem alten Fahrrad. Valerie mit ihrem langen, dicken, blonden Zopf und den hellen Augen und den Sommersprossen auf der Nase und ihrem hellen, kurzen Kleid und ihren schneeweißen Zähnen in ihrem lachenden Mund. Jetzt ist Valerie bei mir an meinem Apfelbaum angekommen. Sie wirft ihr altes, schwarzes Rad in das Gras und läuft lachend zu mir …

»Hallo«, sagt sie und keucht von der schnellen Fahrt. »Hallo«, sage ich und lache zurück.

Ja, da standen wir damals voreinander und haben lachend »hallo« gesagt. Dann hat sich Valerie zu mir ins Gras gesetzt und gesagt:
»Wartest du schon lange?«
»Nein.«
»Es tut mir leid, daß ich mich verspätet habe, aber meine Eltern haben noch Bekannte beim Mittagessen getroffen, und dann haben sich alle so lange Geschichten erzählt, und darum konnte ich nicht früher weg und hierher ...«
»Das macht doch nichts. Ich sitze gerne hier.«
»Ja?«
»Ja ...«
»Na gut ...«
Ich bin wirklich sehr gerne dort oben gesessen und habe auf sie gewartet. Seltsam, ich hatte nie Lust gehabt, mich mit anderen Buben daran zu beteiligen, mit Steinschleudern auf Amseln zu schießen oder in die Benzintanks parkender Autos Würfelzucker zu stopfen oder im Feinkostladen Klebstoff auf die Erbsendosen zu streichen. Ich kann nicht sagen, warum mich das alles immer eher gelangweilt hat. Vielleicht weil es mich von meinem wahren inneren Rhythmus abgelenkt hat. Ich wußte damals als kleiner Bub natürlich nicht, daß es so etwas wie einen inneren Rhythmus

gibt und daß man die Schwingungen des eigenen Selbst überhaupt als inneren Rhythmus bezeichnen kann. Trotzdem, im Vergleich der Möglichkeiten kam es sehr schnell dazu, daß ich mich mehr und mehr mit der Stille und dem Anblick der Natur verbunden fühlte als mit dem Lärm, der entsteht, wenn man mit Ziegelsteinen die Fenster einer abgelegenen Waldpension einschmeißt. Ja ... Natürlich habe ich auch so etwas gemacht. Ehrensache ... Aber nicht mit dem ganzen Herzen, mit dem ich beobachten konnte, wie eine besoffene Wespe von ihrem mostigen Apfel davonschnurren möchte und erst einmal gegen den Baumstamm knallt und ins Gras fällt und verwirrt einen zweiten Anlauf nimmt ... Ja ... Das hat mir ganz einfach mehr Spaß gemacht. Ich hatte dabei einfach das Gefühl, meiner wahren inneren Natur näher zu sein ... Und der inneren Natur von Valerie ...

Valerie ... Der Moment, in dem ich sie zum ersten Mal gesehen habe, war, wie soll ich sagen – ab dem Moment hatte ich seltsamerweise keine Lust mehr, Ziegelsteine in die Fenster einer abgelegenen Waldpension zu werfen. Warum das so kam ... Hm ... Vielleicht darf ich Ihnen von diesem Augenblick erzählen ... Also ...

An dem See, von dem ich berichtet habe ... Der See, auf dem an günstigen Tagen die Dutzende von weißen Dreiecken kreuzten, an dem See gab es auch ein Landgasthaus. Heute ist daraus mittlerweile das geworden, was man ein Spezialitätenrestaurant nennt, in dem man Weinbergschnecken in heißer Knoblauchbutter bekommt. – Damals war es noch ein stilles Landgasthaus, dessen offene Terrasse nur ein paar Meter vom Seeufer entfernt lag. Weinbergschnecken in heißer Knoblauchbutter gab es allerdings auch schon damals – mit dem einzigen Unterschied, daß die Schnecken seltsamerweise doppelt so groß waren wie heute. Sie wurden in ihren gedrehten Häusern serviert – immer sechs oder zwölf auf einmal. Die Teller, auf denen sie an den Tisch gebracht wurden, waren speziell für die Weinbergschneckenhäuser hergestellte, runde Metallplatten, in die kreisrund angelegte Vertiefungen gedrückt waren, in denen die Schneckenhäuser einigermaßen stabil ruhten. In den Vertiefungen brodelte die heiße, schäumende Knoblauchbutter, und es duftete wie in sämtlichen Küchen Südfrankreichs, wenn der Ober den heißen Metallteller auf den Tisch stellte. »Vorsicht, bitte«, sagte er jedesmal, »der Teller

ist aus Metall und sehr, sehr heiß.« Selbst wenn man so wie ich mit meinen Eltern jeden Sommer dort in diesem Landgasthaus einkehrte, und obwohl er mich schon beim Vornamen rief, sagte der Ober doch jeden Sommer mehrmals – immer wenn ich Weinbergschnecken bestellt hatte: »Vorsicht, bitte, der Teller ist aus Metall und sehr, sehr heiß.«
Ich beugte mich dann immer mit dem Gesicht ganz nahe über die Schneckenhäuser und atmete tief den Duft ein. Links vom Teller legte der Ober die kleine Spezialgabel für die Schnecken ab und rechts vom sehr, sehr heißen Metallteller die Spezial-Schneckenzange. Mit dieser Zange – sie sah ein wenig so aus, wie die Spezialzangen, mit denen Frauen ihre langen Wimpern in Form biegen –, mit dieser Zange nun mußte man das Schneckenhaus packen, so daß es nicht verrutschen konnte, und dann zog man mit der kleinen Spezialgabel die sehr, sehr heiße Schnecke heraus – aus ihrem Haus. Diese Spezialgabel sah aus wie eine kleine Kuchengabel – allerdings hatte sie nur zwei anstatt drei Zinken. Die Schnekken selbst waren ein einziger, wunderbarerer, sehr, sehr heißer Bissen, der ein wenig wie eine Mischung aus Kalbfleisch und Forelle

schmeckte und süchtig machen konnte. Meine Eltern tranken zu diesem Essen immer einen sehr hellen, sehr leichten Weißwein, und in dem Sommer, von dem ich Ihnen hier erzähle, durfte ich zum ersten Mal auch ein Glas probieren. In den Jahren vor meinem siebenten Geburtstag war ich ihrer Aussage nach »zu klein«, um Wein zu trinken, was mich regelmäßig in wortlose Wut versetzte. In diesen Momenten der diskriminierenden Demütigung bekam ich immer nur Apfelsaft zu meinen Schnecken hingestellt. Aus lauter Wut und Trotz füllte ich mein Glas dann immer so sehr mit Wasser voll, bis die Farbe des Apfelsaftes der Farbe des Weißweines zu ähneln begann. Warum ich dann plötzlich mit sieben Jahren nicht mehr »zu klein« war, werde ich nie ganz begreifen, auf jeden Fall bestellte meine Mutter in diesem Sommer für mich ein drittes Weinglas dazu, und ich erhielt ein halbes Glas voll von ihrem Wein. Daß sie den Rest des Glases mit Wasser auffüllte, war mir egal – wichtig war nur das unvergeßliche Gefühl, plötzlich nicht mehr für die Rituale der Erwachsenen als »zu klein« zu gelten. Der erste, offizielle Schluck, nachdem ich mit meinen Eltern angestoßen hatte, war ein Gedicht.

Ich sage deshalb offiziell, weil ich natürlich schon längst einmal aus Trotz eine halbe Flasche Weißwein aus dem Kühlschrank leergetrunken hatte. Ich wollte mir einfach gewisse Dinge nicht verbieten lassen und holte in aller Heimlichkeit nach, was ein offizielles Fest hätte sein können. Das Ergebnis war, daß der Wein – in meiner Gier getrunken – scheußlich schmeckte und mir einen Tag lang totenübel war. Nun gut – dieser erste offizielle Schluck war ein Fest der Einweihung in langsamem Genuß. Der Wein hatte eine wunderbare frische Leichtigkeit und schmeckte zart nach Walnüssen. Mein Vater schlug mir vor, nur ganz kleine Schlucke zu nehmen und diese erst ein wenig im Mund zu bewegen, bevor ich sie in mich hineinrinnen ließ. Er zeigte mir auch, wie man durch die leicht geöffneten Lippen bei gleichzeitig geschlossenen Zähnen Luft in den Mund holen konnte, damit sich das Aroma des Weines noch mehr entfaltete. Ich übte mich in dieser Kunst und verstand plötzlich die Bedeutung, die man einem guten Glas Wein entgegenbringen konnte; dieser Zauber des ersten Weines war so gewissermaßen der Auftakt zu meinem Erlebnis mit Valerie ...

Sie sehen, es war ziemlich viel auf einmal, was in diesem heißen Sommer meiner Kindheit auf mich einstürzte. Valerie allerdings stürzte nicht in mein Leben – sie setzte sich vielmehr ganz langsam in mein Leben auf einen grünen Holzstuhl … Und das genau an dem Tisch, der unserem Tisch am nächsten stand.
Auf der offenen Terrasse des Landgasthauses gab es neun Tische auf einem festgetretenen Kiesbett. Auf den Tischen lagen weiße Leinentischtücher, deren herabhängenden Enden sich leicht im Sommerwind bewegten. Um die Tische standen jeweils vier grüne Holzstühle, und auf einen dieser Stühle setzte sich Valerie. Genau mir gegenüber – und sie tat dies genau in dem Augenblick, in dem ich meinen ersten offiziellen Schluck Wein getrunken hatte. Glauben Sie an Schicksal? Ich schon … Wir könnten uns jetzt lange darüber unterhalten, was wir darunter verstehen – Sie sind vielleicht abweichender Meinung im Vergleich zu meiner Definition – aber – lassen Sie es mich so sagen: Ich glaube, daß das Leben zumindest schicksalhaft in Sprüngen vor sich geht. Sie kennen ja sicher die Einsicht der Atomwissenschaft, die erkannt hat, daß Elektronen auf Bahnen um ihren Atomkern kreisen … Gut …

Wenn man nun einem Atom Energie zuführt, springt das Elektron von einer Umlaufbahn auf die nächsthöhere. Das nennt man den berühmten Quantensprung. Hört man mit der Energiezufuhr wieder auf, fällt das arme Elektron auch sofort wieder in seine Ausgangsposition zurück. Ich glaube fest daran, daß es im menschlichen Leben Zeiten gibt, in denen uns das, was man das Schicksal nennen könnte, eine neue Dimension eröffnen will. Auf einem nicht zu benennenden Weg erhalten wir auf unserem Lebensflug mit einem Mal einen Energieschub, und die Formen des alltäglichen Lebens verändern sich dramatisch auf eine andere Ebene hin. Für diesen Vorgang, der sich sehr unbemerkt im Inneren der Seele eines Menschen abspielt, hält das Leben auf unserem materiellen Planeten dann lustigerweise äußere Zeichen bereit, an denen man ablesen kann, daß ein Mensch soeben einen seelischen Quantensprung vollzogen hat. Erwachsene Männer kaufen sich dann plötzlich eine Lederjacke und verspiegelte Sonnenbrillen, und manche Frauen greifen zu einer noch nie dagewesenen Frisur – und ob man das als Vorsprung oder Rückzug interpretieren will, bleibt jedem Beobachter selbst überlassen. Bei

mir war der Sommer des Quantensprungs der erste Wein und das erste Mädchen.
Das ist eindeutig krasser formuliert, als ich es damals empfinden konnte, aber auf der tiefsten, unbewußten Ebene der Wahrnehmungen erahnte ich, daß die Tür in ein anderes Universum aufgestoßen wurde. Zu allem Überfluß stellten meine Eltern an diesem Mittag fest, daß die Eltern von Valerie alte Bekannte waren, und so wurden unsere Tische zusammengerückt, und ich kam – schon leicht betrunken – neben Valerie zu sitzen. Es wurde gelacht und gescherzt, dann stellten Valeries Eltern fest, »wie groß« ich schon geworden war, und als ich bemerkte, daß ihre Augen glänzten, während sie fragte: »Darfst du schon Wein trinken?«, erlebte ich zum ersten Mal das, was man als Erwachsener wahrscheinlich Glück nennt. Valeries Eltern hatten ein gutes Gefühl für historische Augenblicke und bestellten in der Folge denselben Wein für sich, den meine Eltern und ich tranken. Und dann füllten sie auch für Valerie ein Glas mit Wasser und Wein, und dann führte ich mein Glas an ihr Glas heran und den Klang, als sich die beiden Kelche trafen, werde ich mein Leben lang nicht vergessen. Sie trank einen kleinen

Schluck und blickte dabei mit ihren hellen Augen über den Rand ihres Glases direkt in meine Augen ... Ich nahm das Summen und Brummen des Lokals nur noch wie hinter einer Milchglasscheibe wahr, und als mich Valerie fragte, ob ich mit ihr an den See gehen wolle, stand ich auf und stieß dabei beinahe die Flasche vom Tisch.

»Ihr solltet euch etwas abkühlen«, lachte Valeries Vater, und dann gingen wir gemessenen Schrittes an das Ufer und setzten uns auf einen alten Baumstamm, der dort lag, und steckten unsere nackten Füße ins Wasser. Wir saßen nebeneinander und sagten eine Zeitlang kein Wort.

Vielleicht war es die Wirkung des Weines oder das Spiegeln der Sonnenstrahlen auf dem Wasser, das uns verstummen ließ ... Vielleicht war es jedoch auch ein ganz anderer, geheimnisvoller Hinweis der Existenz, der diesen Augenblick zu einem wertvollen machte. Wir traten, gemeinsam auf diesem Baumstamm sitzend, in ein neues Universum ein. Dieses Universum war bis zu diesem Tag vor unserer Haustür gelegen und hatte darauf gewartet, daß wir zufällig seine Tür erkennen würden. Dieses Universum hatte ein Schild über seiner Pforte,

und darauf stand geschrieben: »Das andere Geschlecht.«
Ich schwöre es, ich habe dieses Schild gesehen an diesem Tag. Es ist ein verblichenes, rechteckiges Schild aus einem hellen Material, und die einzelnen Buchstaben sind wie mit einem dicken Pinsel daraufgeschrieben. Es wirkt so, als hätte es ein Maler im letzten Moment noch schnell über der Eingangstür angebracht, damit der Vorübergehende eine Orientierung hat. Es wirkt so, als sei es nur als Provisorium gedacht, weil das eigentliche Schild noch in Arbeit ist. »Das andere Geschlecht.« Ich fühlte, daß Valerie, die neben mir saß, genauso wie ich langsam die Buchstaben mit dem geistigen Zeigefinger entlangfuhr, bis sie die Wörter zusammengebaut hatte. »Das andere Geschlecht.« Ein kühner Schwung hatte uns aus unserem Alltag dorthin auf diesen Baumstamm getragen. Normalerweise würden wir jetzt mit unseren Eltern nach Hause fahren, und Valerie würde wahrscheinlich mit anderen Mädchen Federball spielen oder die Katze streicheln. So aber waren die zufällige Begegnung unserer Eltern und der Wein zu einem Katapult geworden, das unsere so verschiedenen Lebenspunkte hochschleuderte, weit über

die Burgmauern unserer Gewohnheiten hinauswarf und uns jenseits unserer Alltäglichkeiten nebeneinander neu zusammensetzte. Das Wasser spielte lauwarm um meine Beine, als Valerie plötzlich sagte: »Ich glaub, ich kann dich gut leiden.«

So ... Aha ... So war das also ... Der Baumstamm unter mir knirschte leicht in seiner morschen Rinde, und die Weide, die links von uns stand und ihre langen, dünnen Äste ins Wasser tauchte, erwartete voller Neugier, was ich darauf zu antworten gedachte.

Was für eine phantastische Initiative, was für eine brillante Eröffnung der Konversation, wie unfaßbar mutig Valerie doch war, denke ich rückblickend von heute aus gesehen. Eins mit sich und der Welt gelang es ihr, ganz einfach diesen Satz zu sagen, der eine Lawine an Gefühlen nach sich ziehen konnte. »Ich glaub, ich kann dich gut leiden ...« So ... So, so ... – Ich atmete tief durch und nickte vor mich hin, und dann hörte ich mich sagen: »Ich dich auch ...«

Die Weide seufzte erleichtert auf und schüttelte ihre Blätter, und der Baumstamm unter mir ächzte vor Vergnügen über diesen – so noch nicht gehörten – Dialog, der sich auf sei-

nem Rücken abspielte, während er im Wasser vor sich hin morschte. Nun gut ... Was soll ich Ihnen sagen ... Diese zwei so locker und leicht dahingesagten Sätze waren der Beginn einer schimmernden Sommerfreundschaft, die bunt und spiegelnd durch unsere Tage dahintrieb wie eine helle, glänzende Seifenblase. Wir trafen uns, so oft wir konnten, im Strandbad und liefen in den Dörfern der Umgebung mit den Dorfkindern umher, die sich köstlich über unsere Stadtmenschenart amüsierten, wir betrachteten Sonnenblumenkerne beim Ausfallen aus ihrer Sonnenblume, wir griffen in den Ställen der Bauern jungen Kälber auf die warmen, feuchten Nasen, und auf einem unserer Streifzüge entdeckten wir das verlassene, hellblaue Bauernhaus auf dem Hügel, auf dem wir an jenem Augusttag verabredet waren.
Erinnern Sie sich, daß ich Ihnen davon erzählt habe, daß sich hinter dem Haus, dort, wo es in den ehemaligen Stall geht, eine verwitterte Holztür befindet, die nur lose in den Angeln hängt? Ja? Habe ich es nicht vergessen zu erwähnen? Gut! Durch diese Tür betraten wir an jenem fernen, heißen Tag im August das verlassene, hellblaue Bauernhaus. Die Mauern des Anwesens waren aus dicken Steinen der

Umgebung gemauert worden, und das hatte zur Folge, daß das Innenklima des Hauses an heißen Tagen erfrischend kühl bleiben konnte. Wir drückten die vom Regen und von der Sonne hellgrau gewordene Holztür zur Seite und traten ein. Der ehemalige Stall lag dunkel vor uns. Nur durch ein halbrundes Fenster auf der Schmalseite des Raumes fiel etwas Licht auf die Wasserrinne, die vor den Stehplätzen der Kühe von Wand zu Wand lief. Eine dicke, alte, rostige Kette hing von der Decke und klirrte leicht, als ich im Vorübergehen daran stieß. Wir gingen weiter, und nachdem wir eine Tür geöffnet hatten, die den Stall vom Hauptgebäude abtrennte, standen wir in der Bauernstube. Immer noch war da der alte Bauerntisch mit der Eckbank, über dem immer noch ein Kreuz hing. Immer noch standen vier Stühle um den Tisch, so als würden jeden Moment die Türen aufgehen, die Bauersleute vom Feld kommen und sich zu ihrem Essen setzen. In der gegenüberliegenden Ecke war ein großer, gemauerter Herd mit einer riesigen Eisenplatte, in die kreisrunde Öffnungen geschnitten waren. Auf diesen Öffnungen lagen kreisrunde Eisenplatten, die in der Mitte ein Loch hatten. Wenn man ein

Feuer im Ofen machte, dann erhitzte sich die ganze, riesige Eisenplatte, und die Bäuerin konnte ihre Kessel und Pfannen auf der Platte hin und her schieben wie auf einem heutigen Luxusherd. Die Eisenplatten mit dem Loch in ihrer Kreismitte dienten dazu, daß man sie hochheben konnte, um einige Kessel direkt den lodernden Flammen auszusetzen, die durch die Öffnung wie durch einen kleinen Vulkan emporzüngelten. Neben dem Herd lag immer noch ein Stoß armdicker Holzscheite, so als wartete der Ofen nur darauf, wieder in Dienst gestellt zu werden. Eines der Fenster stand offen, und der Vorhang, der davor hing, blähte sich leicht im Wind, der durch die Fenstergitter hereinstrich. »Wollen wir wieder gehen?« fragte Valerie und sah mich an. »Warum«, sagte ich, obwohl ich mich genauso fühlte wie sie. Ich hatte das Gefühl, als würde jeden Moment die Tür aufgehen und die Besitzer könnten mit schweren Stiefeln und derben Hosen vom Feld kommen.

»Ich weiß nicht«, sagte Valerie, »ich hab das Gefühl, als könnte jeden Moment die Tür aufgehen ...«

»Ja, ich auch«, sagte ich, und dann nahmen wir uns an der Hand und verließen auf demselben

Weg, auf dem wir gekommen waren – wieder an die rostige Kette stoßend –, das Haus. Das Sonnenlicht empfing uns mit doppelter Herzlichkeit, und ohne zu wissen, was ich tat, umarmte ich Valerie und gab ihr einen Kuß. Ich legte meinen Arm um ihre Schulter und ließ dabei ihre Hand nicht los. Ich beugte mich zu ihr, berührte mit meinem Mund ihre Lippen und gab ihr den ersten Kuß meines Lebens. Es war ein noch nicht sehr geübter Kuß, aber zumindest dauerte er doch zwei, drei Atemzüge lang. Dann löste ich mein Gesicht von ihrem und blickte zum See. Valerie stand neben mir und hielt meine Hand fest.

»Warum machst du das?« fragte sie mit einer Stimme, die ich mein Lebtag nicht vergessen werde.

»Weil ich dich gut leiden kann«, sagte ich und blickte wieder auf den See …

»Ich dich auch«, sagte Valerie, und dann standen wir nebeneinander und beobachteten die kleinen, weißen Dreiecke, die an diesem sehr günstigen Tag über die blaue, glänzende Fläche des Wasser zogen …

Tja … Erste Momente … Unvergeßliche Düfte des Anfangs … Schwungfedern des bunten Vogels, den wir Kindheit nennen … Mein

Lebtag werde ich es nicht vergessen ... Mein Lebtag ... Seltsamer Ausdruck, nicht wahr? Wo ich das Wort zum ersten Mal gehört habe, weiß ich nicht mehr, aber auf einer Theaterbühne habe ich es in späteren Jahren wiederentdeckt ... Ich weiß genau, es war im Stück »Jedermann«, das in Salzburg auf dem Domplatz gespielt wird und bei dem solche Worte zu Hunderten durch die lauwarme Nachmittagsluft fliegen.

»Mein Lebtag« ... »Meiner Seel« ... »Ich kann's nit leiden« ... Warum denke ich jetzt an diese Worte, warum an »Jedermann«? Ah ja – ich weiß schon ...

Dieser Theatertag war das letzte Mal, an dem ich Valerie gesehen habe. Viele Jahre nach unserem ersten Kuß war ich wieder einmal an den See des ersten Weines gereist, um das Landgasthaus aufzusuchen, das mittlerweile zu einem Luxusrestaurant geworden war. Eine wehmütige Stimmung aus Romantik und Vergangenheitssehnsucht trieb mich an diesen See, und nachdem ich sehr klein gewordene Schnecken gegessen hatte, besuchte ich eine Vorstellung des »Jedermann«. Ich saß auf einer der langen Holzbänke und blickte über das Publikum, das seine Plätze einzunehmen begann. Plötzlich sah ich sie: Nur eine Reihe hinter mir ging Valerie durch die Bänke, begleitet von einem Mann, der ihre Hand hielt. Wir waren beide zwanzig Jahre älter geworden und hatten uns schon mindestens fünfzehn Jahre lang nicht gesehen. Wie es eben ist im Leben: Man ändert seine Gewohnheiten. Valeries Eltern hatten mit einem Mal ihr Faible für Spanien entdeckt und verbrachten in der Folge ab Valeries zwölften Geburtstag ihre Sommerferien nur noch in der Gegend von Granada ... Es soll dort sehr heiß sein ... Wie auch immer. Plötzlich stand sie eine Reihe hinter mir und sah mich an. »Christian?« fragte sie, und »Ja, ich bin es«, antwortete ich und gab ihr meine Hand ...

»So ein Zufall!« lachte Valerie, und dann sagte sie zu dem Mann an ihrer Hand: »Peter, das ist Christian – meine erste große Liebe.«

»Ach was«, lachte Peter, »ich dachte, das wäre ich – hahahaha ...«, dabei schüttelte er mir die Hand, ohne jedoch seine zweite Hand aus der Hand von Valerie zu nehmen.

»Das ist jetzt genau zwanzig Jahre her«, sagte Valerie. »Christian und ich haben das erste Glas Wein unseres Lebens miteinander getrunken, weißt du?«

»Ach so«, antwortete Peter, »nette Geschichte ... Hab mich gefreut, Sie kennenzulernen. – Komm, setzen wir uns, die Leute hinter mir drängen so.«
Mit diesen Worten schob er Valerie sieben Sitze weiter. Das war das letzte Mal, daß ich Valerie gesehen habe; Valerie – die sich daran erinnern konnte, daß wir ein Glas Wein miteinander getrunken hatten.
Wieso war ich an diesem Tag in Salzburg, werden Sie sich jetzt fragen. Es kann doch nicht nur wegen der zu kleinen Weinbergschnecken auf dem immer noch sehr, sehr heißen Teller gewesen sein? Oder wegen eines altmodischen Theaterstücks, in dem man auch heute noch das Wort »Lebtag« hören kann ...
Sie haben völlig recht mit Ihrer Vermutung, daß mich noch ein anderer Beweggrund nach Salzburg geführt hat, und das hängt mit meinem Beruf zusammen, von dem ich Ihnen noch nichts erzählt habe.
Ich handle mit Altertümern. Man könnte auch sagen, ich sei Antiquitätenhändler, ich persönlich schätze jedoch das Wort Altertümer etwas mehr. Es entspricht meiner Ansicht nach eher der Seele der Dinge, mit denen ich mich beschäftige. Ich bin seit meiner frühen Jugend

von Dingen angezogen, die Alter mit sich tragen. Ein Alter, das sich völlig von unseren heute und jetzt hier gültigen Werten unterscheidet. Ein Gegenstand aus dem siebzehnten Jahrhundert zum Beispiel pulsiert immer noch aus dem Weltenecho seiner Entstehung. Man braucht lediglich etwas Einfühlungsvermögen, um die Klänge der Weltenzeit zu hören, in der ein Bilderrahmen geschnitzt wurde, der ein Ölgemälde von Tizian umschließt. Ich glaube, daß alte Dinge überhaupt ... Nein, nein, der Gedanke, den ich eben denken wollte, ist nicht wirklich korrekt. Nicht nur alte Dinge besitzen die Vibration ihrer Entstehungszeit – jedes Ding auf Erden saugt wie ein Schwamm das ihn umgebende »Heute« auf. Es ist nur so, daß alte Dinge länger Zeit hatten zu reifen. Es ist wie bei einem guten roten Wein. Die Sonnenart eines Sommers ist in ihm eingeschlossen wie in einer Botansiertrommel, und erst, wenn er diese Zeit über viele Jahre hinweg in ein anderes »Heute« transportiert, wird sein Geschmack auf dieser Reise durch die Zeit kostbar.

Man kann es also vielleicht so sehen: Auch »heute« und »jetzt« wird irgendwo in Chelsea ein Holzstuhl gebaut – doch erst in hundert

Jahren wird dieser Stuhl zur Kostbarkeit – für Leute wie mich, um ganz präzise zu sein. Man muß sich allerdings die Zeit nehmen, um dem inneren Klang der Dinge zu lauschen. Das Gewesene drängt sich ja nicht so lärmend in den Vordergrund. Ein Echo ist ja nur die Schwester eines laut gerufenen Wortes – in seiner Spiegelung liegt jedoch tausendmal mehr Magie als im laut gerufenen Wort – für Leute wie mich, um präzise zu sein. Es gibt für meine Empfindung sogar so etwas wie einen wissenschaftlichen Beweis.
Sie erkennen es sicher schon langsam – ich schätzte es ungemein, wenn ich in der Welt der seelischen Ereignisse eine Bemerkung machen darf, die ihren Niederschlag, um nicht zu sagen ihren Beweis, in der Welt der nachprüfbaren Wissenschaft finden kann. Nennen Sie es eine Marotte – ich hoffe, Sie können es mir verzeihen. Nun also zum wissenschaftlichen Niederschlag meiner Empfindungen, was Altertümer betrifft: Man hat einmal in einem wissenschaftlichen Experiment, das sich mit außersinnlichen Wahrnehmungen beschäftigte, einer medial veranlagten Person einen langen, rostigen Eisennagel in die Hand gedrückt und wartete gespannt, mit Videokameras und Ma-

gnetophonbändern bewaffnet, auf die Aussagen des Mediums. Die Person hielt den langen, rostigen Nagel eine Weile in der Hand und schilderte in der Folge einen schrecklichen Sturm, in dessen Fortgang ein Segelschiff versank. Das Medium beschrieb eine Schiffsbauart, wie sie bei uns schon seit Jahrhunderten nicht mehr bekannt ist, bis hin zur Takelage und der Anzahl der Weinfässer im Bauch des Schiffes. Die Holzart, die zum Bau des Rumpfes verwendet worden war, und die Länge der Ankerkette; bis in kleinste Detail zeichnete das Medium das Bild einer spanischen Galeone, die vor langer, langer Zeit vor der Küste Floridas gesunken war. Aus ihren Brettern hatten die Wissenschaftler den langen, rostigen Nagel gelöst und ihn der Testperson für außersinnliche Wahrnehmungen in die Hand gedrückt. Sprachlos vor Staunen schalteten die weitgereisten Wissenschaftler nach langen Stunden ihre Kameras und Tonbänder ab und blickten einander an. Wie war so etwas möglich? Wie konnte ein Mensch aus unseren Tagen anhand eines einzigen, langen, rostigen Nagels so detailgetreue Angaben über jenes versunkene, spanische Schiff machen? Hieß das nicht, daß dieser lange Nagel, der vor langer Zeit von einem spanischen Schiffsbauer mit wuchtigen Schlägen in das Holz einer Planke getrieben worden war – hieß das nicht, daß dieser Nagel selbst so etwas war wie ihre Aufnahmegeräte unserer Zeit? Hieß das nicht, daß dieser Nagel auf einer uns noch nicht so geläufigen Ebene die Realität seiner ihn umgebenden Welt »aufgezeichnet« hatte und es nur eines geeigneten »Abspielgerätes« bedurfte, um alle in ihm angelegten Informationen begutachten zu können? Dieses Medium hatte die seelische Fähigkeit, sich auf eine uns noch nicht zur Alltäglichkeit gewordenen Art und Weise mit diesem langen Nagel zu verbinden und seine schlafenden Erinnerungen bekanntzugeben.

Was für ein Hinweis ist dieser kleine Bericht – finden Sie nicht auch? Diese Erzählung soll uns daran erinnern, daß alle Dinge, die uns umgeben, nicht nur eine Geschichte haben, sondern uns auch an deren Geschichte teilhaben lassen, wenn wir es nur wollen und können.

Gut – leider bin ich kein so außergewöhnliches Medium wie jene Person, von der ich eben erzählt habe. Doch die Stimmung nachzuvollziehen, die es braucht, um wachsam zu

sein, daß gelingt selbst mir. Ich meine eine Stimmung der Bereitschaft, die Töne zu hören, die im Lärm unseres »Heute« andauernd überschrien werden. Nun, wie gesagt, ich brauche die Wissenschaft nicht, um mir selbst eine Rechtfertigung zu geben, warum ich Altertümer so liebe, aber es macht das Leben bunter.
Nach Salzburg war ich gekommen, um alte Schriften und Dokumente zu suchen. Ich hatte einige Liebhaber an der Hand, die es sich einiges kosten ließen, einen Brief aus dem Nachlaß eines Festungskommandanten der Festung »Hohensalzburg« zu ergattern, beispielsweise, oder ein Buch mit der peniblen Auflistung der Küchengeräte am Hofe Maria Theresias. Noch findet man solche Dinge, wenn man nur mit der nötigen Geduld und Liebe forscht. Salzburg ist dafür immer noch ein geeigneter Boden, wenn man so wie ich die unentdeckten Truhen und Dachböden aufzustöbern weiß ...
Vielleicht hat ja auch diese Stimmung begonnen in mir zu leben, als ich mit Valerie in der verlassenen Bauernstube den alten Herd gesehen habe. Für einen Augenblick lang habe ich damals das Feuer prasseln hören und die

Bäuerin gesehen, wie sie in einer dicken Kartoffelsuppe gerührt hat. Ein dicker Tropfen ist damals von ihrem Schöpflöffel gefallen und zischend auf der heißen Eisenplatte verdampft … Ja … Wo war ich … Ach ja, in Salzburg …

Fragen Sie jetzt bitte nicht, was das mit den Ost- und Südmännern zu tun hat. Ich komme gleich deutlicher darauf zu sprechen. Es ist mir nur wirklich ein Herzensanliegen – wenn Sie mir dieses Wort erlauben –, Ihnen auf immer enger werdenden Kreisen den Spiralweg zum Kern unserer Frage zu beschreiben. Die Kernfrage lautet – und das wollen wir an dieser Stelle nicht vergessen: Wieso klappt es heute nicht mehr mit der Liebe?

Wieso wird uns – anders gesagt – wieso wird uns heutigen Menschen zum ersten Mal bewußt, daß es heute – wie noch nie – mit der Liebe nicht klappt. Keine Angst – ich kann Ihnen nach dem Studium Dutzender Briefe der letzten Jahrhunderte versichern, daß es noch nie geklappt hat. Nur hatte man früher nicht die Lust, die Fähigkeit und die Draufsicht, dieses Phänomen beim Namen zu nennen. Diese Unfähigkeit hat bis vor ganz kurzer Zeit noch alle Menschen des Nordens,

Südens, Westens und Ostens verbunden. Heute erst entdeckten einige Westmenschen diese Möglichkeit, die Problematik beim Namen zu nennen. Doch lassen Sie uns erst noch eine Weile in Salzburg verharren. Gehen Sie mit mir – einem Westmann der heutigen Zeit – einmal durch die Sigmund-Haffner-Gasse, biegen Sie dann bitte mit mir nach links ab, und haben Sie die Geduld, an meiner Seite durch den Hintereingang des Café Tomaselli zu treten.

Warum, wollen Sie wissen, und was hat das mit der Liebe im Zeitalter der Raumfahrt zu tun? Auf den ersten Blick vielleicht nichts, wenn wir uns jedoch darüber einig sind, daß die Liebe eine Angelegenheit ist, die sich nicht nur im theoretischen Bereich des Menschseins abspielt, sondern den Körper als Resonanzboden braucht, dann hat unser Eintreten in das Café Tomaselli sehr viel mit Liebe zu tun. Was man nämlich braucht, um lieben zu können, ist die Ahnung von sinnlichem Genuß. Ich weiß schon, daß Sie jetzt meinen, an Sexualität denken zu müssen, aber bitte, glauben Sie mir, der direkte Weg ist oft ein Umweg. Das scheinbar Nebensächliche ist es, das uns schult, um für das angeblich Hauptsächliche

vorbereitet zu sein. So auch in der Frage des sinnlichen Genusses.
Gehen wir doch bitte gemeinsam durch den großen, holzgetäfelten Innenraum des Café Tomaselli, in dem so viele kreisrunde, hellrosa Mamortische stehen, und nähern wir uns doch bitte der Treppe, die in den ersten Stock führt. Dieser Hauptraum mit seinen Fensternischen, in denen sich kleine, zweisitzige Sofas an einem rechteckigen Marmortisch gegenüberstehen, dieser Hauptraum mit seinen Fenstern, die den Blick auf den alten Marktplatz frei geben, dieser Hauptraum ist zwar wunderschön, aber für den Kenner ein Aufenthaltsraum, den er für seinen Caféhausbesuch im Winter wählen wird. Im Sommer, der so ist wie dieser, hell und trocken, in so einem Sommer steigen wir bitte über die Treppe in den ersten Stock. Dort oben durchqueren wir den Raum, der über dem Hauptraum im Parterre liegt, und dann treten wir bitte auf die Terrasse. Man betritt den langen, grau gewordenen Holzbretterboden derselben durch eine doppelte Glastüre mit weißlackiertem Rahmen, auf dem sich Türgriffe aus abgegriffenem Messing befinden. Die Fläche, auf der vierzehn runde Metalltischchen stehen, umfaßt

zirka vierundfünfzig Quadratmeter, die in den Platz des alten Marktes hinausragen. Die eine Längsseite, auf die man durch die doppelte Glastür tritt, ist an der Fassade des Hauses verankert, die gegenüberliegende Begrenzung ruht auf Metallsäulen, an deren Füßen sich Blumen girlandenartig hochranken. Mein Lieblingstisch befindet sich zwei Tische rechts von der weißen Doppelglastür mit den abgegriffenen Messingbeschlägen, direkt an der Wand.

Man ist auf diese Weise mitten im Geschehen und hat trotzdem einen gedeckten Rücken, weil sich die Fassade des Hauses hinter einem befindet. Vom Prinzip des Feng-Shui aus betrachtet eine mehr als ideale Position. Niemals würde es einem Kenner dieser chinesischen Lehre einfallen, sich, in einer Menschenmenge sitzend, dergestalt zu präsentieren, daß sein Rücken von mehreren Seiten einsehbar und im übelsten aller Fälle angreifbar wäre … Feng-Shui ist überhaupt eine Wissenschaft, deren tiefere naturwissenschaftliche Erforschung noch einige Überraschungen für uns bereithalten könnte. Wußten Sie, daß es im Osten ein riesiges Gebäude gibt, das in seiner Mitte ein riesiges, quadratisches Loch aufweist, um dem

Feng-Shui des Berges, an dem das Haus errichtet wurde, freien Durchfluß zu gewähren? Es ist eine faszinierende Realität, und ich kann mir schwer vorstellen, daß bei uns ein mit öffentlichen Mitteln errichtetes Gebäude sich am Drachen eines Berges – so nennen sie diese Kraft – orientieren und daß diese philosophische Orientierung so weit gehen würde, ein riesiges Loch auszusparen, bloß damit der Wind hindurchblasen kann. Genau dieses ist aber im fernen Osten an dem Gebäude, das ich eben erwähnt habe, zu beobachten.

Der Komplex umfaßt zirka siebzig Stockwerke in der Höhe und mindestens fünfzig in der Breite. Mitten im dem so entstehenden Würfel ist ein Durchblick in der Fassade, die zirka zehn mal zehn Stockwerke bemißt. Die Chinesen sind der festen Überzeugung, daß der Berg eine Kraft ausstrahlt, die sich ins naheliegende Meer erstrecken möchte. Jedes Hindernis auf seinem Weg würde den Drachen des Berges mit Unglück für die Bewohner des behindernden Hauses ahnden.

Diese Wissenschaft der energetischen Flüsse, die unsere Umwelt durchströmen, ist die Grundlage im alten China gewesen, nach der ein Architekt im Einklang mit dem Grundstück, auf dem er bauen wollte, geplant hat. Niemals wäre es einem dieser praktischen Philosophen eingefallen, einen Hügel mit einer Autostraße zu durchtrennen oder einen Fluß abzuzweigen oder gar einen Weg, wie mit dem Lineal gezogen, als harte Kante in die weichen, gewachsenen Strukturen einer Gegend zu drücken. Sich mit den Erd- und den Windkräften versöhnlich zu arrangieren, damit sie das Leben der Menschen nicht nur dulden, sondern im besten Falle auch noch fördern – das war die Absicht dieser Weltenlehre. Ich habe von einem Kollegen aus Shanghai Briefe und Skizzen eines chinesischen Architekten aus dem achtzehnten Jahrhundert zugespielt bekommen, in denen ein Grundriß dieses Gedankengebäudes widergespiegelt ist. Ich war von diesen Überlegungen dermaßen fasziniert, daß ich in meiner eigenen Wohnung darangegangen bin, die Einrichtungsgegenstände nach den Vorschlägen des Feng-Shui neu zu arrangieren. Ich achtete darauf, daß meine Räume nicht durch die spitzen Kanten einer in die Luft ragenden Sofakante zerschlagen wurden, ich ließ ein Windspiel über meinem Bett von der Decke hängen, um negative Energieflüsse zu kanalisieren, ich stellte eine Wasserschale in der geeignetsten Wohnungsecke auf, um Reichtum zu fördern, und ließ ein Bambusmobile in der Beziehungsecke schweben. Das Ergebnis war, daß ich in einem Monat eine Briefesammlung aus der Dogenzeit in Venedig verkaufen konnte und Maria kennengelernt habe …

Halt! – Nein, halt, halt … Das war jetzt sicher etwas zu schnell, wir wollten uns doch nicht so linear und schnell dem Rätsel zwischen Mann und Frau nähern, und schon erzähle ich Ihnen von Maria. Das bitte ich Sie jetzt nicht zur Kenntnis zu nehmen und lediglich meinem Temperament zuzuschreiben, von dem einige Menschen meinen, sagen zu können, daß es nicht eben als phlegmatisch einzustufen ist. Zu Maria also später mehr – jetzt wollten wir uns doch eben auf die Terrasse des Café Tomaselli setzen – dies allerdings mit dem Rücken zur Wand – und unsere Bestellung aufgeben. Bevor ich mir erlaube, Ihnen etwas zu empfehlen, was Ihre Bestellung betrifft, lassen Sie mich nur noch abschließend zu Feng-Shui einen kurzen Satz sagen: »Nichts ist unscheinbar genug, um nicht unseren Weg durch den Dschungel des Lebens zu erleichtern.« Ich habe diesen Satz in den alten chinesischen Manuskripten gefunden, die ich zuvor erwähnt habe, und, um es etwas praktischer zu formulieren: Achten Sie doch einmal darauf, daß Sie ab heute an einem öffentlichen Ort niemals mit dem Rücken entblättert zur Spielfläche des Lebens sitzen. Gönnen Sie sich ruhig die zwei bis drei Minuten, die es dauert, bis ein Platz frei wird, der es Ihnen ermöglicht, eine Wand hinter sich zu wissen. Beobachten Sie sich genau in die Haltung der lächelnden Gelassenheit, die sich alsbald einstellen wird, und berichten Sie mir gelegentlich davon ... Wenn Sie mögen, wohlverstanden ... Gut.

Nun zu unserer Bestellung. Wir sitzen also rückengedeckt auf der Terrasse des Café Tomaselli und haben einen doppelten Espresso bestellt mit zwei Glas Wasser. Eigentlich ist es überflüssig, Wasser zu bestellen, es sei denn, Sie bevorzugen Mineralwasser, weil in einem guten österreichischen Caféhaus ist normales Wasser zum Kaffee eine Selbstverständlichkeit. Wir sitzen aber nicht nur hier, um Espresso zu trinken, wir wollen mehr, nicht wahr?

Fühlen Sie auch die leise Vibration der Vorfreude, die von mir Besitz zu ergreifen beginnt? Jetzt kommt nämlich eine Frau mit

einem schwarzen Kleid und einer kleinen, weißen Schürze an unseren Tisch. Diese Frau trägt in ihren starken Armen ein großes Holztablett, und darauf befindet sich in Wahrheit der Grund, warum ich hier so überaus gerne mit dem Rücken zu Wand sitze. Diese Frau mit dem schwarzen Kleid trägt auf ihrem Holztablett nämlich ungefähr dreiundzwanzig verschiedene Kuchen, Torten und Baisers an unseren Tisch und möchte, daß wir eine Auswahl treffen. Ich sehe, Sie verstehen meine leichte Ungeduld und meine schon in der Sigmund-Haffner-Gasse sich beschleunigenden Schritte auf dem Weg zu unserer Terrasse, wenn Sie auf dieses Tablett schauen. Wenn Sie erlauben, möchte ich es mir und vor allem Ihnen einfach machen, damit wir nicht an der Qual der Wahl kläglich verkümmern.
Ich darf Ihnen also eine Cremeschnitte empfehlen, und mir selbst werde ich ein Erdbeertörtchen gönnen. Wir zahlen sofort, nachdem uns die freundliche Dame im schwarzen Kleid unsere Süßspeisen auf den Tisch gestellt hat. Ich weiß, daß das eine etwas unübliche Form der Gastronomie ist, und ich habe einige Gedanken daran verschwendet, warum es so ist, daß man ausgerechnet in diesem Café Toma-

selli – einem der besten und berühmtesten Cafés der Welt – sofort seinen Kuchen bezahlen muß, noch bevor man den ersten Bissen gegessen hat. Ich glaube nicht, daß man in diesem Café größere Sorgen hat, einem Zechpreller zu begegnen, ich denke, daß die Geschäftsleitung von der Sorge erfüllt ist, daß der Gast den Verstand verlieren könnte, wenn er seinen Kuchen gegessen hat und von der unfaßbaren Qualität so eingenommen ist, daß er jeden realistischen Bezug zur Umwelt verliert. Bei längerem Nachdenken – und ich komme schon viele Jahre hierher auf diese Terrasse –, bei längerem Nachdenken glaube ich sagen zu können, daß das wahrscheinlich der Grund ist für das doch etwas befremdliche Kassieren vor dem Genuß.

Nun gut – wir haben bezahlt, und ich sehe Sie staunend vor Ihrer Cremeschnitte sitzen. Zirka achtzehn mal sechs mal sechs Zentimeter liegt sie vor Ihnen. Als Basis dient ihr ein dünner Mürbteigboden, auf dem sich die unvergleichliche, vanillefarbene Füllung aufbaut. Diese Creme ist – wie sagt man es –, sie ist magisch! Diese Creme heißt zwar Creme, hat jedoch die Konsistenz eines sehr locker und leicht gehaltenen Puddings. Fast könnte man sagen, daß sie so etwas wie Festigkeit besitzt. Wenn diese Festigkeit nicht das Wort für ihre Konsistenz wäre, müßte die Schnitte ja auf dem Teller zerfließen. Das tut sie aber nicht. Sie steht da, leicht zitternd, wenn man mit der Gabel auf die Seite der Schnitte stößt, und wartet, daß man den ersten Bissen nimmt. Dazu muß man mit der kleinen, dreizahnigen Kuchengabel durch den Deckel, der auf der zartgelblichen, Vanillearoma verströmenden Creme liegt, stechen. Dieser Deckel besteht aus Blätterteig, auf dem zu alleroberst eine schneeweiße Zuckerglasur aufgetragen ist. Die Kunst ist es nun, schnell genug in die feste Zuckerglasur zu stoßen, so daß die Einstichsgeschwindigkeit hoch genug ist, um den Deckel zu zerteilen, ohne die Cremeschnitte zu zerquetschen. Dieses Kunststück will lange Jahre bei unzähligen Versuchen geübt werden. Es ist so – wie Sie schon bemerkt haben –, daß die puddingartige Fülle der Cremeschnitte weitaus weicher ist als der Blätterteig-Zuckerdeckel. Drückt man nun die Gabel langsam, wie bei einer normalen Torte von oben auf den Deckel, quillt die Füllung links und rechts hervor, und man hat ein sehr seltsames, unansehnliches Etwas auf seinem Teller liegen. Um das zu verhindern, sticht der Könner schnell und beherzt punktuell durch den harten Zuckerdeckel. Er tut dies wie ein Shaolin-Kämpfer, dem es ja auch gelingt, in eine Aufschichtung von Brettern so zu stoßen, daß das Wasser, auf dem sie treiben, kaum Wellen wirft. Ist das gelungen, können Sie den ersten Bissen genießen. Jetzt werden Sie die etwas übereilte Zahlung sicher verstehen. Man kann nach diesem ersten Bissen ganz einfach nicht mehr klar denken. Die Magie dieser Cremeschnitte liegt nämlich darin, daß sie augenblicklich im Mund ihre Konsistenz verändert, so bald man den ersten Bissen zu kosten beginnt. Wenn die Füllung eben noch wie Pudding gewirkt hat, wird sie nämlich augenblicklich zu dem, warum diese Süßspeise Cremeschnitte heißt. Wie diese Metamorphose zustande kommt, entzieht sich meiner Erkenntnis, es ist nur tatsächlich so, daß die Füllung in der Sekunde, in der sich die Lippen schließen, im Mund weich, sanft und zu einer fast flüssigen Creme mutiert. Diese Creme entfaltet ein Aroma aus Vanille, Milch, feinem Zucker und ein bis zwei Gewürzen, die seit vielen Jahren geheim gehalten werden. Ist eine minimalste Prise Kardamom dabei? Ich werde es nie erfahren. Einmal habe ich versucht, den Besitzer im Lauf eines langen Gespräches über die antiken Bilder an den Wänden seines Etablissements unmerklich zur Preisgabe der Rezeptur zu drängen. Mit verstehendem Lächeln ist er elegant ausgewichen und hat mich darüber belehrt, daß es manchmal so ist, daß Nichtwissen ein größeres Vergnügen bereiten kann, als die bis ins Allerheiligste vordringende Analyse. Ich habe diesem Mann nach einem ersten Sträuben recht gegeben. Was würde es mir auch bringen, die letzten Geheimnisse des Café Tomaselli zu erfahren? Würde ich hingehen, um diese Cremeschnitte bei mir nachzukochen? Nein. Würde ich das Rezept veröffentlichen, damit einige Dilettanten in billigen Wirtshäusern sich mit der Original-Tomaselli-Cremeschnitte brüsten könnten? Nein. Also – wozu, wozu muß ich alles wissen?

Ist es nicht viel schöner, jedesmal aufs neue eine Pilgerschaft anzutreten, um diesem Geheimnis zu begegnen? Ist es nicht viel aufregender, nach vielen, vielen Jahren immer noch nicht alles zu wissen von dem Gegenstand der Begierde? Ist es nicht anspornend, immer wieder aufs neue zu vermuten und zu hoffen, an-

statt alles zu wissen? Und ist es mit einer Beziehung zu einem Menschen, den man liebt, nicht genauso? Ist ein Mensch, den man liebt, nicht mit einer Blume zu vergleichen, deren Duft uns über die Mühsal des Lebens auf diesem Planeten hinwegfliegen hilft? Wenn wir staunend den Duft einer Rose wahrnehmen, die strahlend auf unserer Lebenswiese glüht, gehen wir dann hin und suchen den Duft? Gehen wir hin und versuchen, das Rätsel des Duftes durch analysierendes Anstarren zu lösen? Gehen wir hin und reißen der Rose jedes einzelne ihrer Blütenblätter aus und zerlegen dann das innerste, geheimnisvollste, verborgene Herz der Blume, um zu wissen, wie das Geheimnis ihres Duftes buchstabiert werden kann? Ja ... Vielleicht tun das unerfahrene Kinder, die auch Fliegen die Flügel ausreißen müssen, um zu überprüfen, wie das Tier dann ohne dieselben sich fortbewegen wird.
Die Frage, die sich als Ergebnis der letzten Sätze zu stellen beginnt, ist also – wieso benehmen wir Erwachsene uns so oft wie grausame Kinder? Warum gelingt es uns nicht, das Wissen von der Welt, das wir anhand von Cremeschnitten, Rosen und Gebäuden in Shanghai erfahren, auf unsere menschlichen Beziehun-

gen anzuwenden? Warum haben wir nicht dieselbe Ehrfurcht und denselben Respekt vor dem Menschen, der mit uns durch das Leben geht, den wir einer einfachen, roten Rose gegenüber aufbringen können? Warum fallen wir in das Stadium grausamer Kinder zurück, nachdem sich das erste Staunen über das Glück des Verliebtseins gelegt hat? Warum, warum nehmen wir uns ab einem gewissen Zeitpunkt in einer Liebesbeziehung das Recht heraus, den anderen, ehemals geliebten Menschen zu zerlegen wie eine alte Kuckucksuhr?

Liegt es an dem Wort Selbstverständlichkeit? Ich meine – liegt es vielleicht daran, daß wir ab einem gewissen Zeitpunkt in einer Liebe meinen, der andere wäre zu einer Selbstverständlichkeit geworden, über die wir das Recht hätten zu verfügen wie über eine alte Kuckucksuhr? Wahrscheinlich ist es dieses Wort – Respektlosigkeit –, das den Schlüssel darstellt zu all unseren Verfehlungen und Grausamkeiten, die wir uns seltsamerweise immer nur mit den Menschen erlauben, die wir doch angeblich lieben ... Aus einer Haltung der Selbstverständlichkeit werden wir mit der Zeit respektlos. Es kommt mir manchmal so vor, als würden wir Menschen einander mit der Zeit, die es in einer Liebe gibt, die länger als einen Blick dauert, so selbstverständlich als Gebrauchsgegenstand betrachten wie einen Fernseher, den man an- und abschaltet, je nach Unvermögen der eigenen Geduld. Nein, es gibt noch einen stämmigeren Vergleich, der so ähnlich wirkt, wie der Vergleich mit dem Fernseher. Ich meine das Internet. Was für ein Wort. Ein Wort, das in der Welt, in der ich lebe, eigentlich keinen Stellenwert hat – »ich kann's nit leiden«. Mein Lebtag will ich eigentlich mit dem Internet nichts zu tun haben. Ich gebe zu, ein Teil von mir ist einfach technisch unbegabt und zu dumm, all die gordischen Knoten zu lösen, die sich hinter der »Installation« und der »Festplatte« und der »Maus« und dem »Browser« verbergen. Und ich gebe auch zu, daß ich meine Unfähigkeit und vor allem meine Lernunlust ideologisch verbräme, wenn ich gegen das Internet wettere. Ein Teil meiner instinktiven Ablehnung läßt sich jedoch auch mit Argumenten belegen, die sicher von Menschen verstanden werden, in deren Wortschatz es noch Vokabeln gibt wie »Vertrauen«, »Nähe«, »Gespräche«, »Offenheit«.

Wie komme ich jetzt plötzlich zu diesem Kreuzzug gegen das Internet, wo wir doch eben noch über mein Erdbeertörtchen reden wollten? Dieses wunderbare, handtellergroße Ding, daß aus festem Mürbteig besteht, kreisrund, halbkugelförmig eine Schale bildend. In dieser Mürbteigschale, die mit einer knackenden Schokoladenglasur ausgelegt ist, befindet sich eine cremige Nougatfüllung, die den Kern eines Gebäudes bildet, das als nächste Schicht eine Vanillecreme kennt, die den Nougatcremekern umhüllt und in die wiederum kreisförmig halbierte Erdbeeren eingedrückt sind. Wenn man möchte, ißt man zuerst – so wie ich – die Erdbeeren und dann die Vanille-Nougat-Schokolade-Mürbteig-Schale und trinkt langsam, in kleinsten Schlucken, dazu seinen doppelten Espresso … Ja … Also wie komme ich von diesem Erdbeertörtchen zum Internet? Zum Anti-Internet-Kreuzzug, um genau zu sein?

Gut, ich akzeptiere völlig den Zustrom an leicht zugänglichem Wissen, den ich als Student in Oklahoma aus einer Universitätsbibliothek in Paris abfragen kann, das ist keine Frage; und darüber sollten wir uns auch verständigen, daß für den Austausch von Spezialwissen das Internet sicher ein Segen ist für all diejenigen, die selten eine Reise von Oklahoma nach Paris antreten können. Meine Kritik richtet sich vielmehr gegen einen anderen Aspekt dieses neuen Mediums. In unzähligen Werbesendungen wurde mir bis zum heutigen Tag erzählt, das Internet würde die Kommunikation zwischen den Menschen fördern. Welch ein Irrsinn!

Ich kann diesen etwas heftigen, letzten Ausbruch auch sofort erläutern. Erst gestern nämlich habe ich in einer stillen, einsamen Stunde eine Fernsehsendung über die Benutzer des Internets gesehen. Da trat eine junge Frau vor die Kamera – besser gesagt, sie saß vor der Kamera, damit auch noch ihr Computer und dessen Tastatur zu erkennen waren, und berichtete von ihrem Alltag, der sich dramatisch verändert habe, seit sie sich mit dem Internet beschäftige. Die junge Frau schilderte ihr früheres Leben, das offensichtlich sehr bunt und abwechslungsreich gewesen sein mußte. Sie erzählte von Reisen in ferne und nahe Länder, sie berichtete von Abenteuern mit Freunden und Freundinnen – und all das, was sie schilderte, läßt sich mit zwei Worten zusammenfassen: lebendige Kommunikation.

Als nächstes erzählte sie von einer Enttäuschung, die sie in ihrer letzten Beziehung gehabt hatte. ›Tja – wer kennt das Gefühl nicht!‹, habe ich mir so vor dem Fernseher sitzend gedacht und den weiteren Ausführungen der jungen Frau anteilnahmsvoll gelauscht. In ihrer verständlichen Trauer und Enttäuschung hatte sie eines Abends, nach einem schweren Arbeitstag, ihren Computer eingeschaltet und sich auf Wanderschaft durch das Internet begeben. Schon in der ersten Nacht hatte sie mehrere »Begegnungen«, wie sie es nannte. Auf ihrem Bildschirm erschienen die Buchstabenfolgen, von wildfremden Menschen irgendwo in Alaska oder Wuppertal eingetippt, die genauso wie sie nachts voller Einsamkeit unterwegs waren auf der Suche nach einem Gesprächspartner. Die junge Frau saß nach ihren eigenen Angaben bis zum Morgengrauen an ihrem Computer und kommunizierte mit mehreren Ansprechpartnern auf ihrem Bildschirm. So weit, so gut – und im Grunde wäre überhaupt nichts dagegen einzuwenden, daß diese einsame, junge Frau sich von ihrem Trennungsschmerz eine kurze Erholung und Ablenkung gönnte. Wenn … Ja, wenn es eine kurze Erholung und Ablenkung wäre – in der Folge berichtete sie nämlich dem Reporter, der den Bericht über die Benutzer des Internet gestaltete, daß sie seit jener ersten Nacht jede Nacht vor ihrem Computer sitze und so tue, als würde sie eine menschliche Kommunikation erleben. Seit drei Jahren war diese junge Frau, nach eigenen Angaben, nicht mehr mit Freunden unterwegs gewesen; seit drei Jahren hatte sie kein wirkliches Rendezvous mit einem wirklichen Mann in einem wirklichen Caféhaus mehr erlebt. Vielmehr sprang sie in jeder Nacht zwischen mehreren Ansprechpartnern hin und her, ohne überhaupt zu wissen, wer tatsächlich hinter dem Namen Joe oder Lisa verborgen war. Über alles und nichts konnte man Scheingespräche führen, die allesamt konsequenzlos verliefen. War es nämlich einmal so, daß Lisa aus Neukölln sich im Ton vergriffen hatte oder unsere junge Frau, über die der Bericht im Fernsehen lief, aus irgendeinem, nur ihr bekannten Grund mit einem mal keine Lust mehr hatte auf »Kommunikation«, dann knipste sie den Gesprächsteilnehmer einfach aus. Dem Reporter berichtete sie weiterhin, daß sie jede Lust auf ein reales Treffen mit einer realen Person in einer realen Umgebung verloren hatte, all das nur aus Angst, noch einmal verletzt zu werden.

Was für ein Wahnsinn!

Was für ein himmelschreiender Irrsinn stürmt auf die Menschen ein und tarnt sich dabei auch noch als die Erfüllung ihrer tiefsten Sehnsucht. Die tiefste Sehnsucht des Menschen ist es, mit anderen Menschen in Austausch zu treten. In einen wirklichen, realen Austausch.

Der Mensch hat eine Ursehnsucht danach, in ein anderes Paar Menschenaugen zu blicken. Er will Wärme einer menschlichen Haut, er will Atemzüge hören, eine Stimme vibrieren fühlen, er will Nähe und Distanz, Auseinandersetzung und Hingabe, er will – ob er es weiß oder nicht – tausendmal lieber verletzt werden und wieder heilen und es aufs neue versuchen. Er will scheitern und taumeln und in Abgründe stürzen, weil der Mensch nur durch den Absturz über die Möglichkeit des Fliegens nachzusinnen beginnt. Und im besten aller Fälle wird aus einem Alleingang ein Paarflug. Egal, wie lange es dauert, egal, wohin es führt, egal, welchen Lebewesen man auf der Suche nach dem Glück begegnet – es ist glutvolles Leben, das uns herausfordert und nicht zuläßt, daß wir in unseren Isolationskuppeln verkümmern. All das ist die

wahre Menschensehnsucht, und all das heißt: leben.
Und all das wird durch das Angebot der Schein-Nähe, die wir im Internet erleben können, systematisch Schritt für Schritt entweiht. Ich benütze dieses selten gewordene Wort entweiht in voller Absicht. Wir, die wir gelernt haben, jeden Respekt vor dem Heiligen zu verlieren, haben damit leider auch das so wertvolle Gefühl der Ehrfurcht verloren. Ich weiß, daß das ein notwendiger, pädagogischer Gegenstoß ist, um der verbrecherischen Diktatur der Kirche zu entfliehen, deren Vertreter Mafiosi die Hand schütteln und kleinen Knaben unter der Decke beibringen, was sexuelle Not bedeutet ... Leider, leider ist in dem berechtigten Abschütteln dieser getarnten Teufel auch das wahrhaft Göttliche in Gefahr geraten, vergessen zu werden. Doch bin ich ein Vertreter des Prinzips Hoffnung, und es wird länger Rosen geben auf diesem Planeten als falsche Götter. Und folglich wird auch die Rose, die in zweitausendvierhundertsiebenunddreißig Jahren duften wird, dem Vorübergehenden einen Schauer der Ehrfurcht schenken.
Ich wollte aber noch ein Wort verlieren zu den Masken des Teuflischen. Interessanterweise ist

nämlich ausgerechnet der Erfinder des Internet ein Wegbereiter der Isolation, obwohl er in seinen Werbesendungen immer das Gegenteil predigt. Wenn man sich nur einmal die Mühe macht, in seiner Biographie zu forschen, wird man entdecken, daß er selbst in seiner Kindheit ein verhaltensgestörter Knabe war, der in seiner Unfähigkeit mit realen, anderen Kindern zu leben, sich eine Phantasiewelt der Mathematik erschaffen hatte, an dessen Ende das Internet stand. Für sich selbst glaubt er wahrscheinlich wirklich daran, daß es ihm gelungen ist, die Kommunikation zwischen Menschen zu fördern, weil es seinem eigenen, gelebten Bild aus der Kindheit entspricht, sich hinter einem Metallkasten zu verschanzen. Leider ist es nur so, daß niemand da ist, der einmal den Stecker aus seinem Terminal zieht und mit dem armen Bill Gates zu einer Würstchenbude loszieht, an der er dann einen Hot-Dog mit den Fingern essen muß und sich scharfen Senf auf das grüngestreifte Ewiger-Junge-T-Shirt kleckern kann.
Der Ewige Junge … Tja … Teile in mir verstehen ihn ja, ich muß es bekennen. Wenn ich mich zur völligen Aufrichtigkeit durchringe, muß ich sogar sagen … O Gott, ist das

schwer ... Ich meine die völlige Aufrichtigkeit, die es ja nie geben kann, aber doch zumindest den Versuch einer Annäherung an die völlige Aufrichtigkeit ...
Wozu, warum eigentlich jetzt in diesem Rahmen unseres Gespräches völlige Aufrichtigkeit? Nun gut: falls Sie es vergessen haben sollten, wir sind eigentlich mit der Frage beschäftigt, warum es mit der Liebe nicht klappt, obwohl alle nicken und lächeln, wenn sie den Satz hören: »Alles, was wir brauchen, ist Liebe.«
Ich denke, daß man früher oder später zu dem Punkt kommen sollte, an dem völlige Aufrichtigkeit herrscht, weil man sonst als Partner nicht zu erkennen ist: In so einem Gespräch, wie wir es soeben führen, meine ich. Sonst verschanzt man sich nur hinter Denkmasken, die den anderen nur davon ablenken sollen, wer man wirklich ist.
Gut – zurück zum ewigen Jungen Bill Gates, den Teile in mir verstehen können. Ich verstehe seinen Fluchtreflex vor der Welt, und es ist mit Sicherheit so, daß ich diese Lebenshaltung so vehement kritisiere, weil ich sie auch in mir selbst antreffe und dabei nicht wirklich schätze. Teile in mir wollen genau wie er und

seine Jünger hinter irgendeinem Gerät verschanzt beobachten, wie die Herde der realen Menschen mit ihren Wahnsinnsritualen an uns vorüberzieht, ohne uns in ihren Irrsinn einzubinden. Andere Teile in mir wollen genau das Gegenteil: Diese Fragmente meiner Persönlichkeit wollen jede sichere Deckung laut rufend verlassen und auf die große Ansammlung von Mitmenschen zulaufen und schreien: »Da bin ich – laßt mich nicht einsam stehen! Wie immer auch das Unbegreifliche eures Lebens aussieht, ich bin dabei!« Da existieren nun diese »Ach – zwei Seelen« in meiner Brust und ringen um die Vorherrschaft. Welche wird den Sieg davontragen? Mal die eine – mal die andere, kann ich nur sagen. Ach, Bill – laß uns doch einmal auf einen kleinen Espresso gehen und ehrlich zueinander sein. Vielleicht findest du den Mut, um von deinen gescheiterten Lieben zu erzählen, wenn ich damit anfange, und dir von den Tagen in meinem Leben erzähle, an denen ich mein Waterloo erlebt habe – als Napoleon, versteht sich, Wellington hat diesen historischen Moment ja in eindeutig besserer Erinnerung …
Vielleicht könnten wir gemeinsam den Punkt erreichen, an dem man anfängt zuzugeben,

was man ist. Vielleicht könnten wir uns dem Punkt annähern, an dem man bekennen muß, daß man leider Gottes überhaupt nicht eindeutig sagen kann, wer man ist. Die Antwort auf diese Sinnfrage des Daseins müßte nämlich lauten: Wir – wir sind Christian Reiter, Liebhaber von Altertümern, Cremeschnitten und Manuskripten über Feng-Shui – einen Christian Reiter, zu dem wir ich sagen könnten, werden Sie hier leider nicht antreffen. Vielen Dank – leben Sie wohl!

Das wäre die Wahrheit, aber wer läßt sich in unserer schnellebigen Zeit schon auf so eine Genauigkeit ein? In einer Zeit, in der alles und jedes und vor allem jeder versucht, seine Vielschichtigkeit und Widersprüchlichkeit auf einen Nenner einzudampfen. Man tut dies in der heutigen Zeit unter dem Aspekt der schnellen und leichten Wiedererkennbarkeit. Alles, was die Menschen heutzutage als Geistesleistung betreiben, ist, so eindeutig und schnell erkennbar zu sein wie Coca-Cola.

Weil einfach die Zeit fehlt. Es fehlt die Zeit, sich auf einen Menschen einzulassen, der heute nach Vanille duftet und morgen schon ohne erkennbaren Anlaß nach Pfefferminze. Man müßte Neugier und Geduld investieren, um dieses Mirakel zu erforschen. Neugier und Geduld – und am Ende käme vielleicht heraus, daß der Hauptduft dieses mit Neugier und Geduld betrachteten Menschen Bergamotte ist. Was dann – was tun – was meinen? Bis zu diesem Moment der Erkenntnis sind vielleicht schon ein bis zwei Jahre ins Land gezogen, und wer hat schon soviel Zeit? Also duftet man so simpel wie möglich nach einem leicht erkennbaren Standardgeruch, den man auch überall im Gemischtwarenladen der Belanglosigkeiten kaufen kann, und wird ein einfach und schnell zu erkennender Mensch.

Erkennen Sie die Tragweite der Frage, die wir uns am Anfang unseres kleinen Diskurses gestellt haben? Wie soll es denn in unserer heutigen, westlichen Welt einfach sein mit der Liebe, wenn wir westlichen Menschen so aufgesplittert vielfältig sind? So aufgesplittert vielfältig sind wir, daß wir schon wieder anfangen, uns nach dem simplen Weltmodell des Fundamentalismus zu sehnen, in dem es nur einen Duft und eine Volkszigarre gibt. Die Ost- und Südmänner haben all diese Probleme nicht, die mit der Erkenntnis Hand in Hand gehen, daß die Seele des Menschen ein weites Land ist. Die Ost- und Südmänner leben immer noch in monotonen Kulturlandschaften, die ihnen nur einen Duft erlauben. Eine Art, sich als Mann zu erleben, eine Art, ihre Frauen unter einem Schleier zu verstecken, auf daß sie nicht bewundernde Blicke anderer vielschichtiger Männer erwarten. Ein Gott steht diesen monotonen Kulturen vor und befiehlt, wann es Zeit ist, sich auf den Boden zu werfen, und wie der Hammel zu schlachten ist. Die Expedition ins Land der Seele, in deren Verlauf wir entdeckt haben, daß es uns eigentlich nicht gibt, sondern daß das, wozu wir Ich sagen können, ein Kaleidoskop der Vielfalt ist, diese Expedition haben die Ost- und Südmänner noch nie gewagt, auch nur in Betracht zu ziehen. Wer weiß, vielleicht ahnen die Vertreter ihrer Kultur, daß am Ende einer wirklichen Selbstbetrachtung der Mensch bekennen muß, daß er nichts weiß. Vielleicht ahnen sie, daß ein Einstieg in die Katakomben der Selbsterkenntnis am Ausgang ein Schild bereit hält, auf dem steht: »Selbstzweifel.« Vielleicht wissen sie, daß dieser Selbstzweifel dazu führen wird, eines Tages ihr gesamtes Kulturgebäude in Schutt und Asche zu legen. Wenn sich der Staub nach dem großen Erdbeben dann gelegt hat, könnten ihre Frauen den

Schleier abgelegt haben, und die Probleme wären bei ihnen genauso offenkundig wie bei uns. Solange ist es ja nicht her, daß unser Kulturgebäude ebenso fest und unbeirrbar war wie das unserer Brüder im Osten und Süden. Noch mein Großvater hat mir erzählt, daß man in seiner Jugend als Mann in Ohnmacht gefallen ist, wenn man bei einer Dame auf der Straße die Knöchel gesehen hat beim Hochheben des Kleides am Bordstein.

Was soll man dazu sagen? Innerhalb von nur zwei Generationen sind wir westlichen Menschen aus der Monotonie in die Polyphonie der Seelentöne gestoßen worden, und das Ergebnis ist Vielfalt im Supermarkt und Desaster in den Betten ...

Verzeihen Sie, manchmal drängt es mich, einfach und griffig zu formulieren – Sie wissen, worauf ich hinaus möchte. Die obersten, geistigen Führer unserer Brüder im Osten und Süden hatten also die Chance, in der kurzen Zeitspanne von nur achtzig Jahren mitzuverfolgen, wie ein Geistesimperium wie das des Westens seine äußeren Brückenköpfe räumen mußte, weil die inneren Koordinaten keine Wirkungskraft mehr hatten. Der Ostmann und der Südmann wurden Zeuge, wie sich der

Westmann eigenhändig in die Mühlen der demokratischen Selbstzweifel und Selbstzerlegung gestürzt hat, und diesen Schritt wollen sie nicht und werden ihn auch noch lange Zeit nicht nachvollziehen. Warum?

»Es hat sich bewährt ...« Erinnern Sie sich? Die Pointe dieses Witzes soll uns an dieser Stelle unseres Gespräches ein wenig aufschrekken. Ganz heimlich, still und leise könnte es nämlich sonst geschehen, daß so etwas wie stiller Neid sich einstellt auf diese ungebrochene Haltung des scheinbaren Selbstbewußtseins. Sie merken, ich habe rechtzeitig das Wort »scheinbar« in den Satz genommen, um einer allzu plumpen Ausrichtung unserer Plauderei zu entgehen. Die Wahrheit ist nämlich auch, daß wir alle eine geheime Sehnsucht nach den klaren, ungebrochenen Linien in uns tragen. Darum schielen so manche von uns in den Osten und Süden, wo die Fragen nie gestellt werden durften, die unser gesamtes Weltbild zum Zittern gebracht haben. Nein!!! Wir wollen der Versuchung nicht erliegen. Wir wollen uns tapfer dem Nichtwissen und dem Nichtkönnen stellen und uns lieber weiterhin fragen, warum es mit der Liebe nicht klappt, anstatt unsere Frauen zu steinigen, wenn sie einmal

das Haus ohne schwarzes Tuch auf dem Körper verlassen haben. Dazu ist unsere Musik zu bunt. Bitte? Was hat dieser Ausruf hier zu suchen?
Sie erinnern sich vielleicht, wie ich – scheinbar absichtslos – vorhin so oft das Wort Monotonie habe fallen lassen. Es war nicht absichtslos! Es war abgelegt, wie ein Löwenzahnsame über das Feld treibt, um an einer ihm geeigneten Stelle Fuß zu fassen. Montonie: die Eintönigkeit. Die Eintönigkeit – was hat dieser Begriff hier im Vergleich der Kulturwelten zu suchen? Eine Menge, sage ich Ihnen. Eine Menge. Auch unsere Kultur kommt nämlich aus der Mono-tonie. So wie die Brüder des Ostens und des Südens in ihrer Musik immer noch mono-ton orientiert sind, so war auch unsere Musikgeschichte geprägt von einer Musikgestaltung, die auf der linearen Notenlinie aufgebaut hat. Nebenstimmen, Gegenstimmen, Akkorde oder gar Dissonanzen waren bei uns noch vor ein paar hundert Jahren genauso unbekannt, wie sie es jetzt in den Zelten der arabischen Milliardäre sind, die am Wochenende so tun, als wären sie einfache Beduinen. In der Musik des Islam kann man wie in einer Zeitglocke nachprüfen, wie unsere

Musik geklungen hat zur Zeit des Mittelalters. Es gab eine einzige von der Kirche zugelassene Art, Musik zu machen, und dies selbstverständlich nur zu Ehren des einzigen Gottes. Ab einem gewissen Zeitpunkt drängte sich jedoch der erwachende Geist der Vielfalt ins Rampenlicht, und ein Komponist wagte es zum ersten Mal, in einen Choral zu Ehren Gottes eine Nebenstimme zu komponieren. Dieses Ereignis war von so ungeheurer Tragweite, daß eine Bischofskonferenz einberufen wurde, um diesen Frevel zu diskutieren. Nach Wochen der Streitgespräche wurde das vermeintliche Teufelswerk dem Papst vorgeführt. Nach einigen Stunden der Besinnung gab der Papst der polyphonen Kompositionsart seinen Segen. Am Ende dieser Entscheidung stehen Mozart, Elton John und die Spice Girls. Diesen Schritt, diese Hörgewohnheit anzunehmen, hat das Abendland vor einigen hundert Jahren vollzogen. Die Süd-Musik ist immer noch dort, wo unsere Klangschöpfer im Mittelalter waren. Warum ist es mir als Liebhaber der Altertümer so wichtig, auf diese Parabel hinzuweisen? Ich tue es deshalb, weil sie sagt, daß alles, was in einem Kulturfeld geschieht, auf dem sich Menschen bewegen, von Bedeutung ist und eine Auswirkung hat. Natürlich drängt es einen Künstler, das Erlebnis seiner inneren Vielschichtigkeit in seinem Werk nach außen zu tragen. Natürlich muß das von einem autoritären System im Keim erstickt werden. Nicht, weil der einzelne Künstler eine reale Bedrohung für das System wäre. Nein, die Wachrufung, die er in Gang setzt, ist das Gefahrenpotential, das es auszutreten gilt, wie einen Funkenflug in der ausgedörrten Steppe Mittelafrikas. Eine Kulturäußerung in Form eines Bildes oder eines Liedes oder einer Skulptur, die die Kraft hat, den schlafenden Betrachter zu erwecken, weil das Kunstwerk lauthals schreit: »Erwache zu deiner wahren, anarchistischen Natur!« Diese Kulturäußerung muß im Keim zertreten werden. Dumm sind sie ja nicht, die obersten geistigen Führer der führerlosen Menschenherden. Dumm waren sie auch nie. Nur lebensfeindlich und grausam – aber niemals dumm.

Wer jetzt meint, daß solche Auswüchse der Inquisition ja eben doch viele hundert Jahre zurückliegen, dem sei nur kurz erzählt, daß noch Beethoven in einem seiner Klavierkonzerte erstmals in der Musikgeschichte eine Sekund verwendet hatte und sich darauf den

Vorwurf gefallen lassen mußte, »Teufelswerk« fabriziert zu haben. Die Berichte in den öffentlich-rechtlichen Medien angesichts der Beatles möchte ich gar nicht erwähnen. Aber es gibt Momente der Hoffnung, da ja schon die Spice Girls mit sehr viel Wohlwollen auch seitens der staatlichen Autoritäten aufgenommen worden sind.

Was hat die Polyphonie des Abendlandes mit der Frage zu tun, warum es mit der Liebe nicht klappt, meinen Sie an dieser Stelle bemerken zu sollen? Vieles, vieles, vieles, darf ich mir erlauben zu erwähnen. Vieles. »Nichts ist unscheinbar genug, um uns nicht durch den Dschungel des Lebens als Wegweiser zu dienen.«

Wissen Sie, meine Exkursionen in die scheinbar unzusammenhängendsten Gebiete unseres Lebens haben nämlich einen geheimen Zweck. Das haben Sie vielleicht schon vermutet, ich möchte deshalb die Gelegenheit ergreifen, die mir Ihre Frage gegeben hat, und mich selbst auch noch einmal auf diesen geheimen Zweck hin einschwören. Ist es nicht so, daß wir die Liebe als eine Blume bezeichnen könnten? Wenn wir uns auf diese etwas bunte Metapher einlassen wollen, könnten wir das – nicht wahr? Und ist es nicht so, daß jede Blume einen Boden hat, aus dem sie erwächst? Es ist so. Und ist es nicht so, daß die Liebe als eine geistig-seelische Pflanze abhängig ist von dem Nährboden des kulturellen Umfeldes, auf dem sie steht? Auch das wird Ihre Zustimmung finden, hoffe ich.

Nun ist es doch also so, daß für die Formen der Liebe, die wir heutzutage als die unsrigen bezeichnen, unsere Welt, in der wir leben, die Formgebung vollzieht. Etwas einfacher gesagt, in einer Welt voller Vielfalt erlebt auch die Liebe eine Formenvielfalt. So weit, so gut. Was mich nur wundert, ist, daß Sie mir noch nicht ins Wort gefallen sind. Darf ich uns beide zu größter Wachsamkeit aufrufen!

Wir haben soeben stillschweigend akzeptiert, daß es eine Frage der Welt ist, in der eine Liebe blüht, um zu erkennen, welche Formen die Liebe in dieser Welt annehmen kann ... Ja, was heißt denn das? Heißt das nicht, daß wir stillschweigend akzeptieren, daß die Liebe abhängig ist? Abhängig von der Region, in der sie blüht ... Abhängig von der Musik, die sie prägt ... Abhängig von den Gottesbildern, den Menschenbildern, den Männerbildern, den Frauenbildern, die in der Welt, in der sie blüht, beherrschend sind? Abhängig von der Landestracht – und glauben Sie mir, es macht einen gewaltigen Unterschied, ob man bei sommerlichen Temperaturen alle Straßen von blitzkurzen Miniröcken leuchten sieht oder auf dem Bazar in Assuan Frauen nur daran erkennt, daß diese langen, schwarzen, dicken Striche in der Menge einen Korb auf dem Kopf balancieren.

Sehen Sie, worauf ich mit unserem Weckruf hinauswill? Wir gehen immer noch stillschweigend davon aus, daß die Liebe zwischen einer Frau und einem Mann nichts Absolutes ist ... Nichts Absolutes. Ich weiß nicht, wie oft ich diesen Satz wiederholen soll, um auch mir selbst seine Tragweite bewußt zu machen. Die Liebe ist nichts Absolutes. Nichts Absolutes. Sie ist nichts Absolutes, zumindest in der Art, wie wir mit ihr umgehen.

Ich glaube, unser Hauptproblem liegt in der Tatsache, daß wir in unserem Leben zwei Dinge vermischen. Wir wissen alle aus den heiligsten Tiefen unserer wortlosen Seele, daß die Liebe etwas Absolutes ist. Die Sonne ist absolut. Der Wind ist absolut. Wasser ist absolut. Feuer und Erde sind absolut.

Die Liebe ist absolut. Die Liebe ist die Sonne

der Seele. Die Seele ist absolut. Alles, was wir brauchen, ist Liebe. Alle scheitern nur an der Liebe. Warum? Weil wir die Formen der Liebe mit der Liebe an sich verwechseln. Wie verwechseln die Art und Weise, wie wir das Gefühl der Liebe leben mit der Liebe.

All die verschiedenen Geschichten, die wir bisher die Geduld hatten uns zu erzählen, sollten eines klarmachen: Wir leben auf einem materiellen Planeten. Wir leben auf einem Planeten, der in jeder Sekunde die Spiegelfläche darstellt für die Formen unseres Geistes. In jeder Minute entwirft der Geist ein neues Weltbild, für das es auf diesem materiellen Planeten eine Form geben wird. Das, was gestern noch unumstößlich war, verändert kraft des Geistes seinen Stellenwert, wird umgestoßen und durch einen neuen Wert ersetzt. Dieser neue Wert, diese neue Weltanschauung findet sich eine neue Form. All dies geschieht in einem unaufhörlichen Wechsel.

Wechsel ist die Essenz des Lebens.

Wechsel der Formen um ein und denselben, absoluten Inhalt herum ist das Experiment, das Gott hier auf diesem Planeten stattfinden läßt. Unser Menschrätsel, das wir lösen müssen, besteht darin zu erkennen, welche Formen dem absoluten Inhalt dienen, und welche Formen ihn stören und verhindern. Lassen Sie es mich brutal einfach sagen. Es ist eine immer noch lebendige Form, Mädchen in Afrika zu beschneiden. Aus der Sicht der Männer dient dieser Vorgang dazu, die Form der folgenden Ehe zu stabilisieren. Diese Form dient nicht dem absoluten Wert der Liebe.

Warum bringe ich dieses abstoßend krasse Beispiel, werden Sie jetzt fragen. Ich bringe es, um uns bewußt zu machen, daß die größten Verbrechen an den absoluten Inhalten unserer Seelen mit dem Zuspruch größter Teile der Menschheit vollzogen werden. Bei derart krassen Verstößen gegen das Gottesgesetz der frei gelebten Menschennatur nicken wir alle und murmeln: »Ja, ja ... Was für eine schreckliche Barbarei.« Die Frage, die sich dabei stellt, kann jedoch nur lauten: »Wo sind die nicht so deutlich erkennbaren Beschneidungen der Blume, die wir Liebe nennen?« Wo sind in unserem Kulturraum die heimlichen Vergewaltigungen und Unterdrückungen, die wir nur nicht so schnell erkennen, weil wir mit ihnen übereinstimmen? Noch übereinstimmen. Noch so sehr übereinstimmen, wie die afrikanischen Männer mit besorgtem Herzen, das Beste wol-

lend, der Beschneidung zustimmen. Es ist so, das objektiv Böse wird meistens mit der subjektiven Absicht vollbracht, Gutes zu tun.
Was ist der Maßstab für Gut und Böse? Wer sagt an, was böse ist und was gut? Woran kann man diese Frage messen?
Ich möchte an dieser Stelle kurz einflechten, daß ich mich wieder nach langen Jahren dazu bekenne, zwischen Gut und Böse zu unterscheiden. Ich möchte deshalb darauf hinweisen, weil ich eine Zeitlang der esoterischen Schule gefolgt bin, die da meint, es gäbe kein gut und böse, diese Begriffe würden nur in unseren Vorstellungen existieren. Im großen Ablauf des Universums gäbe es diese Wertungen nicht, weil manchmal erst nach Tausenden von Jahren die Relativierung stattfindet und das sogenannte Gute zum sagenhaft Bösen werden kann. Ich habe Verständnis für diese Geisteshaltung. Ich habe ihren Reiz an mir selbst erlebt. Man wird herrlich sorglos und verantwortungslos. Und vielleicht ist wirklich in hunderttausend Jahren alles, was heute schwarz ist, weiß geworden. Heute, hier und jetzt empfinde ich es jedoch im altmodischen Sinn als böse, kleine, hilflose Mädchen zu beschneiden, und wenn ich könnte, wie ich

wollte, würde ich all diejenigen, die dafür eintreten, fünfundneunzig Sekunden lang unter Wasser halten. Dann müßten sie mit ihrem ersten Atemzug nach dieser Prüfung schwören, diesen barbarischen Brauch zu beenden. Diejenigen, die weiter glauben würden, daß das schon in Ordnung sei mit der Beschneidung, würde ich dann von speziell trainierten Herren zweihundertfünfundneunzig Sekunden lang unter Wasser halten lassen. Dies nur, damit sie meinen Standpunkt kennenlernen.
Lassen Sie mich also noch einmal in Erinnerung rufen: Wir verwechseln das Absolute mit dem Relativen unserer jeweiligen Kultur. Es ist so, wie das vor einiger Zeit mit Absicht erzählte Bild des aufgestauten Baches im Wald meiner Kindheit. Das fließende Wasser ist das Absolute, das Wahre und das Gottgewollte. Lassen Sie uns kurz in dieser Gleichung das Wasser mit der Liebe gleichsetzen. Die Liebe will nichts anderes als ungestört fließen. Das einzige, was uns Menschen dazu einfällt, ist, Dämme zu bauen, Regulierungen zu errichten aus schweren Steinen, die wir Moral nennen, und im schlimmsten Fall so lange den freien Fluß zu behindern, bis das Wasser der Liebe brackig geworden ist.

Wir sind so sehr gewohnt, alles was lebt, in unsere Gesetze zu zwingen, daß wir überhaupt nicht mehr sehen, was wir der Göttlichkeit des ungezähmten Lebens mit unserem Denken antun.
Nun gut ... Sind wir jetzt gemeinsam an dem Punkt angekommen, an dem wir übereinstimmend feststellen, daß wir unterscheiden müssen? Es wäre eine große Freude für mich, wenn wir jetzt dort einmal kurz anhalten könnten, um auszuspannen und die Füße hochzulegen. Innerlich meine ich natürlich.
Die Folge dieser letzten Gedanken wäre dann also, daß wir uns klarmachen müssen, daß wir westlichen Menschen in einer Zeitenwende leben, die von uns tagtäglich etwas fordert, auf das wir nicht hinlänglich vorbereitet sind. Wir müssen tagtäglich aufs neue fragen, welchen Sinn unsere Lebensformen haben. Wir müssen tagtäglich fragen, ob das, was wir gerade tun, förderlich ist für den freien Fluß des Lebens, oder ob wir dabei sind, mit bestem Wissen und Gewissen ein Gefängnis zu errichten für Gottes freie Welt.
Man kann sich angesichts dieser gewaltigen Kulturaufgabe – nämlich ein ewig Fragender zu sein – tatsächlich wie ein Held fühlen. Der

Drache der alten Gewohnheiten wohnt nämlich direkt vor unserer Haustür, und sein feuerspeiendes Maul ist jederzeit bereit, uns und unsere heldenhaften Absichten wegzubrennen, wenn wir nur kurz einmal unvorsichtig sein sollten.

Also gut – lassen Sie uns weitergehen und wieder vom Theoretischen zum Praktischen zurückfinden. Was ist für mich zum Beispiel das Gefühl der absoluten Liebe gewesen – oder, was ist es, besser gesagt. Vielleicht darf ich Ihnen zu dieser Frage eine kurze und klare Antwort geben: Maria! Ja? … Sie erinnern sich – dieser Name ist vor gar nicht allzu langer Zeit in unserem Gespräch aufgetaucht, und ich habe ihn noch nicht in seiner ganzen Wucht teilnehmen lassen. Nicht den Namen natürlich, sondern das damit verbundene Gefühl. Wenn Sie mich fragen würden: »Wie sieht denn für Sie das Gefühl aus, für das Sie es in Kauf nehmen würden, Ihr gesamtes Leben in Frage zu stellen? Wie sieht das Gefühl der absoluten Liebe denn aus für Sie, von dem Sie mir nun schon des längeren berichten?« Wenn Sie mich das fragen würden, dann würde ich sagen: »Es sieht aus wie das Lachen in den Augen von Maria!« Ja … Ja … Ich bekenne

mich zu diesem romantischen Satz … Ja … Ja … Ja … Und nochmals ja!
Ich bin ja nicht blöd – und es wäre blöd, wenn ich mich über das Wesentliche in meiner Begegnung mit Maria hinweglügen würde, nur weil ich in dieser Begegnung Probleme gefunden habe, die mich prüfen wollen. Ich erlaube mir zu unterscheiden zwischen meinem Absoluten und meinem Nichtkönnen. Sagen wir, meinem Noch-Nichtkönnen. Damit Sie mich besser verstehen, fange ich am besten von vorn an. Ganz von vorn.
Der Tag, an dem ich Maria das erste Mal gesehen habe, war ein wunderbarer Tag. Was für ein Satz! Wie schlicht in seiner edlen Eleganz der einfachsten Wortwahl. Ich möchte ihn wiederholen, wenn Sie erlauben: Der Tag, an dem ich Maria das erste Mal gesehen habe, war ein wunderschöner Tag. Er war aus mehreren Gründen wunderschön. Er war wunderschön, weil ich sie kennengelernt habe, und es war auch ein wunderschöner Tag, was das Wetter betrifft und die körperlichen und gesundheitlichen Umstände meines Lebens. Die Sonne war rund, der Himmel war blau, und wenn dieses Blatt, dieser Brief nicht aus meinem Fenster geflogen wäre, dann hätte ich Maria

vielleicht nicht so kennengelernt, wie ich sie kennengelernt habe.
Der Reihe nach. Ganz langsam. Welches Blatt, welcher Brief fragen Sie sich zu Recht. Außerdem möchte ich, bevor ich die Sache mit dem Brief erzähle, doch noch ein Wort zu den gesundheitlichen Umständen meines Lebens verlieren. Es wird meiner Meinung nach viel zu wenig Gewicht auf die Tatsache gelegt, die körperlichen und gesundheitlichen Gegebenheiten eines Menschen mit in Betracht zu ziehen, wenn er in lebenswichtigen Situationen steckt. Man sagt immer so leichthin: Ja – da und da war der und der eben leider nicht auf der Höhe, als ihm dieses und jenes Mißgeschick zugestoßen ist. Was heißt denn das, nicht auf der Höhe? – Weltenschicksale können sich entscheiden durch einen Durchfall im falschen Moment. Ich darf an dieser Stelle an Napoleon erinnern, der bei Waterloo eine heftige Darmkolik erleiden mußte und auf diese Weise eine Stunde lang nicht an der Schlacht teilnehmen konnte. Die gravierenden Fehler, die Marschall Ney in dieser Stunde beging, will ich an dieser Stelle nicht detailliert ausführen, nur – wir wissen, was bei Waterloo geschehen ist. Sie wissen mittlerweile, daß ich

gerne zu den großen, bewegenden Beispielen greife, um das spirituelle Prinzip, das hinter diesen Beispielen steckt, zu verdeutlichen. Dasselbe spirituelle Prinzip von Waterloo läßt sich auf einen Topf überkochender, heißer Milch übertragen, wenn man die Augen hat, es zu erkennen. Nun, es muß nicht immer gleich eine Darmkolik sein, die das Leben verändert, manchmal genügt ein einfacher Niesanfall bei Tempo hundertachtzig auf der Autobahn, und ein Geisterfahrer taucht in einer Rechtskurve vor Ihnen auf.

All das war an diesem wunderschönen Tag, an dem ich Maria kennenlernte, nicht so. Bis auf meine Höhenangst war alles in einem harmonischen Lot. Ja ... Ja ... Der Moment mußte kommen, an dem ich diesen Punkt meiner Biographie bekanntgeben muß. Ich habe Höhenangst. Ich finde keine Erklärung dafür. Vielleicht eine genetische Eigenart, die schon meinen Urgroßvater davon abgehalten hat, auf eine Leiter zu steigen, vielleicht eine frühkindliche Prägung, weil der Kreißsaal, in dem meine Mutter mich zur Welt gebracht hatte, im dritten Stock lag? Ich kann es nicht sagen. Ich habe auf jeden Fall Höhenangst, und wenn es mir gelingt, Situationen zu vermeiden, die

sich in einer Höhe von mehr als siebzig Zentimeter abspielen, habe ich kein größeres Problem mit unserer heutigen Welt.
Der erste Blick zwischen Maria und mir fand in einer relativen Höhe von drei Metern und zweiundfünfzig Zentimetern statt. Ist das der Punkt, an dem sich unsere Liebesgeschichte entschieden hat? Ich will es nicht glauben, daß unsere Probleme mit diesen dreihundertzweiundfünfzig Zentimetern begonnen haben sollten. Andererseits, wenn ich mir vorstelle, wie dieser erste Augenblick zwischen uns beiden aus ihrer Perspektive ausgesehen hat …
Der Reihe nach: Ich saß an diesem wunderschönen Tag in meinem Arbeitszimmer und studierte einige Manuskripte. Ich war erst vor kurzem von einer längeren Reise zurückgekehrt, die mich bis nach Cairo geführt hatte. Ich habe eine tiefgehende Sympathie für das Land am Nil, und wenn es meine Umstände erlauben, reise ich alle vier bis fünf Jahre einmal in die Stätten frühester Menschenkultur. Assuan ist meine heimliche Liebe, auch in Cairo sind für einen Mann wie mich, der von der Liebe zu Altertümern geprägt ist, verborgene Schätze zu heben. Die Kolonialzeit der Engländer hat mächtige Spuren hinterlassen,

und auch der manchmal noch anzutreffende Einfluß des Durchzuges von Napoleon ermöglicht es einem Abendländer, einen Schlüssel zu den Schätzen dieses Landes zu finden. Ich hatte auf dieser letzten Reise ein Dokument aus dem achtzehnten Jahrhundert gefunden. Es handelte sich um einen Reisebericht eines französischen Gelehrten, der sich mit dem Geheimnis der fliegenden Teppiche befaßte. Der Bericht war in französischer Sprache abgehalten, und obwohl ich ein leidliches Schulfranzösisch mein eigen nennen kann, hatte ich doch das eine oder andere Problem mit der Wortwahl des französischen Kollegen aus dem achtzehnten Jahrhundert. Ich war soeben bei meiner etwas mühsamen Lektüre bei einer Stelle in dem Manuskript angekommen, in der darüber berichtet wird, daß das Geheimnis der fliegenden Teppiche in einem liebenden Herzen bestehe. Die Formulierung war etwas umständlich für die Augen eines Menschen unserer Zeit. Es war mir nicht völlig klar, ob der Autor sagen wollte, man müsse lieben, um zu fliegen, oder daß Liebe allein die Kraft zum Fliegen in sich berge, oder aber, daß man erst einmal lieben können müsse, bevor man ans Fliegen denken darf.

Wie auch immer: Ich rätselte schon des längeren an dieser Stelle herum und kam nicht weiter. In der Folge stand ich auf, um ein Wörterbuch zu holen. In dem Augenblick, in dem ich mich drei Meter von meinem Tisch entfernt hatte, blies ein plötzlich aufkommender Wind durch meine Wohnung und trug das Dokument aus dem achtzehnten Jahrhundert quer durch mein Wohnzimmer auf ein offenes Fenster zu. Es war ein wunderschöner Tag – Sie wissen –, der Himmel war blau, und die Sonne war rund, und ich hatte sämtliche Fenster offenstehen, weil ich das Gefühl des Eingesperrtseins hasse. Seltsam, nicht – einerseits habe ich diese merkwürdige Angst vor großen Höhen, und gleichzeitig ist die Luft mein liebstes Element. Das Leben gibt einem jeden sein eigenes Rätsel mit auf den Weg.

Nun gut, ich stand da kurz vor meiner Bibliothek, als dieser heftige, sehr warme Windstoß durch meine Wohnung fuhr, das alte Blatt Papier ergriff und zum Fenster hinaustrug. Ich sprang ihm, so schnell ich konnte, hinterher – aber da war es auch schon draußen. Zum Glück steht vor diesem Fenster, durch das das Blatt geflogen war, ein alter Kirschbaum. Der Baum muß mindestens dreißig Jahre alt sein,

und er trägt jedes Frühjahr eine Mischung aus weißen und leicht rosafarbenen Blüten. Ich habe dieses Phänomen – außer bei ihm – noch nie bei einem Kirschbaum bemerkt. Vielleicht hat dieser Kirschbaum vor meinem Fenster einen meiner Lieblingssätze gelesen, der da lautet: »Vielfalt ist besser als Einfalt.« Diesem Motto getreu, läßt er jedes Frühjahr zwei Farben auf seinen Ästen miteinander wetteifern. An diesem wunderschönen Tag nun flog dieses alte Blatt Papier aus meinem Fenster und verfing sich zum Glück in den Zweigen des Baumes. Mitten zwischen den weißen und rosa Blüten hing das Blatt und wartete, was nun als nächstes geschehen würde. Was sollte schon geschehen? Ich erkannte, daß es mir nicht erspart bleiben würde, in der Folge auf das Fensterbrett zu klettern, mich vorzubeugen und das Blatt wieder hereinzuholen.
Dieser Satz hört sich so selbstverständlich an für jemanden, dessen Rätsel im Leben darin besteht, Schuhe unbedingt parallel stellen zu müssen, bevor er schlafen geht. Für so jemanden ist es ein leichtes, sich aus dem Fenster zu lehnen und dieses verdammte Papier wieder hereinzuholen. Ich aber habe Höhenangst,

verflucht noch mal! Lachen Sie ruhig; ich weiß es klingt für den unbeteiligten Zuhörer lächerlich, doch ich bohre ja auch nicht in Ihren Wunden, und die Höhe von dreihundertzweiundfünfzig Zentimetern, in der das Papier auf einem weißrosa Kirschbaumzweig balancierte, waren für mich der Grand Canyon. Nun – ich wollte mich nicht zum Spielball meiner Deformierungen machen lassen und stieg auf das Fensterbrett und streckte meine Hand aus.

In diesem Moment sah ich sie.

Vor meinem Haus stand ein Möbelwagen, aus dem soeben zwei beherzte Männer eine riesige Glasscheibe trugen, auf der in großen, gepinselten Buchstaben das Wort »Glas« stand. Ein vom philosophischen Standpunkt aus gesehen faszinierender Augenblick. Wann erlebt man es schon, daß das Objekt der Betrachtung und die Benennung des Objektes so zu hundert Prozent identisch sind? Da war Glas zu sehen und auch noch das Wort Glas auf dem Glas. Absolute Verschmelzung zwischen der abstrakten Welt der Wörter und der Welt der Dinge. Fasziniert starrte ich auf das Wort »Glas«, das da auf einer Glasscheibe an mir vorbei in Richtung auf meine Haustür zugetragen wurde. Es war also offensichtlich so,

daß irgend jemand die Absicht hatte, in das Haus, in dem ich lebe, einzuziehen.
Ein überraschender Vorgang. Ich lebe in einem sehr still und abseits gelegenen Haus in einer der Gegenden, in denen die Stadt beginnt, sich mit dem Umland zu vermischen. Es gibt schon sehr viel Grün, und die Häuser stehen sehr locker mit großem Abstand zueinander. Das Haus, in dem ich lebe, ist ungefähr hundert Jahre alt. Sie sehen, ich habe mir für mein Dasein als Liebhaber von Altertümern den geeignetsten Platz gesucht. Die Miete in dem sehr großzügig angelegten Haus war immer relativ erträglich, gemessen an dem, was man für eine geräumige Wohnung im Stadtzentrum zu bezahlen hat. Für die meisten Menschen heutzutage wäre es jedoch ein Hindernis, in meiner Gegend zu wohnen. Es gibt keine nahegelegenen, öffentlichen Verkehrsmittel, keinen Chinesen um die Ecke, keine Pizzeria, die einem noch nach Mitternacht heißes Essen bringt, wenn man, am Internet sitzend, die Ladenschlußzeiten übersehen hat. Auch Kinos und Sportzentren sind nicht in meiner Nähe zu finden, und all das ist für den buntgekleidet zwischen chromblitzenden Maschinen auf und ab hopsenden Zeitgenossen

ein Grund, nicht in meiner Gegend zu leben. Wenn man durch meine Straße geht, ist es so, als wäre die Zeit stehengeblieben. Irgendwann im Jahre 1899 hat plötzlich jemand mit dem Finger geschnappt und die großen Zeiger der Weltenuhr haben aufgehört, sich weiterzubewegen.

Stille – das ist es vor allem, was den Reiz meiner Gegend ausmacht. Stille. Manchmal genieße ich es, mitten in der Nacht in den Garten zu gehen und der Stille zuzuhören. Ich habe es, glaube ich, noch nicht erwähnt, aber zu dem Haus, in dem ich wohne, gehört auch ein großer Garten, der das Gebäude dicht wuchernd umschließt. Dicht wuchernd. Dicht wuchernd stehen Fliederbüsche neben wilden Rosen, die von riesigen Ahornbäumen überragt werden. Ich habe meinem Vermieter einmal erklärt, daß ich wirklich keinen gesteigerten Wert auf das knatternde Geräusch eines Rasenmähers lege, und seit diesem Tag lassen wir die Wiese so leben, wir sie es für gut hält. Das Ergebnis ist ein Blüten- und Farbenmeer im Sommer. In diesem Blüten- und Farbenmeer träumen manchmal weiße Schmetterlinge zwischen den Mohnblumen und Kornblumen, und wenn man ungenau und schnell hinblickt, wirkt das hohe, gelbe Gras wie ein Kornfeld im Hochsommer. Das Haus selbst hat eine sehr anmutige, schlichte Fassade, ohne jeden übertriebenen Zierat. Zierat … Nein, Zierat hat dieses Haus Gott sei Dank nicht nötig. Seine Außenwände sind mit einer warmgelben Farbe gestrichen, die ihm auch an regnerischen Tagen ein freundliches Flair verleiht. Die Fenster im Erdgeschoß und im ersten Stock sind sehr groß, und die Fensterscheiben sind in weiße Holzrahmen eingefaßt. Vor meinen Fenstern im Erdgeschoß liegt eine erfreulich große Terrasse, von der eine breite Steintreppe in den Garten führt. Wenn man genau sein möchte, ist mein Erdgeschoß also kein richtiges Erdgeschoß, sondern ein Halbstock sozusagen. Sonst wäre das Blatt ja auch nicht in dreihundertzweiundfünfzig Zentimetern Höhe zum Erdboden gemessen gelandet.

In der dichten, schon seit langem nicht mehr gemähten Wiese vor meiner Terrasse liegt ein kleiner Brunnenteich verborgen. Verborgen liegt er deshalb, weil sein niedriger Steinrand fast zur Gänze von dem kniehohen Gras versteckt wird. Der Brunnenteich hat einen Durchmesser von zirka fünf Metern und ist eigentlich nur ein schlichtes Steinbecken. Kreisrund, mit einem niedrigen Steinrand, und in der Mitte des Beckens – genau im Zentrum – befindet sich ein kleiner Berg. Dieser Berg ist aus rohen, unbearbeiteten Steinen zusammengesetzt, zwischen denen sich Moos angesiedelt hat. Im Zentrum dieses Bonsaiberges steht eine kleine, versteckte, rostige Düse in die Höhe. Sie ist sehr geschickt in die Steine integriert, so daß man sie nur erkennen kann, wenn man in das Becken steigt, um den kleinen Berg genauer zu untersuchen. Ich bin selbstverständlich ein paar Wochen nach meinem Einzug in das Becken gestiegen, weil ich eine Vermutung hatte. Ich hatte die Vermutung, daß dieser kleine, so natürlich wirkende Steinberg einen Springbrunnen darstellen könnte. Ich liebe seit meiner Kindheit nichts mehr als Springbrunnen, und als ich die kleine, verrostete Düse entdeckt hatte, kannte meine Freude keine Grenzen. Ich stieg in den Keller und durchforstete stundenlang sämtliche Zuleitungs- und Ableitungsrohre, die das Haus mit Wasser versorgen. Ich war schon kurz davor zu resignieren, als ich neben der Kellertreppe eine kleine Metalltüre in der weißgetünchten Ziegelwand entdeckte. Das Metall der Türe war durchgehend deckend in derselben Farbe gestrichen wie der restliche Keller, und die Schlitze der Tür waren so mit Farbe verklebt, daß man die Angeln nur schwer erkennen konnte. Ich schob einen langen, rostigen Nagel in die kleine Öffnung, die wohl für einen Schlüssel vorgesehen war, und brach die Türe aus ihrem Farbpanzer. Es öffnete sich ein kleiner Einlaß in der Mauer, der zirka dreißig mal vierzig Zentimeter umfaßte. Quer durch diesen Hohlraum lief ein armdickes, rostiges Rohr, das in seiner Mitte ein Stellrad montiert hatte. Dicke Spinnweben liefen von dem Rad zum Rohr, und ich zögerte nur einen kurzen Moment, dann wischte ich sie beiseite und drehte das Rad, so weit ich konnte, gegen den Uhrzeigersinn. Ich fühlte, wie sich gluckernd Wasser in Bewegung setzte, und lief in den Garten. Das Wasser mußte wohl einige Biegungen genommen haben, die seinen Weg verzögert hatten, denn im selben Moment, in dem ich aus dem Halbdunkel des Kellers hinauf ins Freie lief, schoß das Wasser durch die kleine verrostete Düse des Springbrunnens in die Höhe. Ich stand sprachlos vor Freude vor diesem Anblick. Die Düse hatte die Form eines Gießkannenkopfes, und so war das Wasser, das in die Höhe schoß, nicht zu einem einzelnen Strahl gebündelt, dessen Anblick mit der Zeit monoton werden konnte. Das Wasser brach sich vielmehr in zwanzig dünnen Einzelstrahlen seinen Weg durch den Rost der Düsenlöcher und fächerte sich vor mir zu einer Springhöhe von zirka drei Metern auf. Wer braucht da noch ein Fitneß-Center um die Ecke, wenn er solch eine Freude in seinem eigenen Garten erleben kann! Es ist eines meiner liebsten Rituale, abends nach einem langen Tag auf der Terrasse zu sitzen und den kleinen Brunnen zu betrachten. Stundenlang kann ich dort sitzen und zusehen, wie das hochfließende Wasser diesen glitzernden Fächer ununterbrochen neu errichtet. Manchmal stelle ich mir zu diesem Schauspiel eine Flasche Rotwein auf die Steinbalustrade meiner Terrasse, an der sich dichter wilder Efeu hochrankt, und lasse den Tag Revue passieren. Wenn ich dann – zu später Stunde – der Meinung bin, es sei genug für heute und »morgen ist auch ein Tag«, kommt ein wunderschönes Geschenk, das mir der kleine Brunnen macht, wenn ich ihn einmal nicht abdrehe über Nacht. Wenn ich in meinem Bett liege und das Fenster offen lasse, höre ich das Geräusch seiner Milliarden

von Wassertropfen, die in das Becken fallen. Mit diesem Geräusch einzuschlafen, ist der Himmel auf Erden.
An dem Tag, von dem ich Ihnen erzählen möchte, der wunderschöne Tag, an dem ich Maria zum ersten Mal gesehen habe, lief der Brunnen übrigens ausnahmsweise einmal nicht. Ich stand also auf meinem Fensterbett und sah, wie die beiden beherzten Männer die Glasscheibe mit der Aufschrift »Glas« an mir vorbei und in Richtung Haustür trugen, und als mein Blick von einer Bewegung am Rand meines Gesichtsfeldes zurück zur Ladefläche des Umzugswagens gezogen wurde, sah ich sie.
Maria stand neben ihrem alten, blauen Volkswagenkabriolett und hängte sich eben eine Tasche über die Schulter. Sie stand mit dem Rücken zu mir, und ich konnte nur ihre Haare sehen und die Bewegung, mit der sie ihre Tasche über ihre helle Bluse warf. Ihre Haare leuchteten wie ein Kornfeld im Sommer, und in ihrer Bewegung lag soviel Anmut, daß mir der Atem stockte. Kennen Sie das? Wissen Sie, wovon ich rede?
Anmut.
Es gibt doch den Augenblick, zum Beispiel bei

einer Opernaufführung – in dem sie plötzlich, zufällig und unbeabsichtigt aufblitzt. Anmut. Eigenartigerweise ist es im seltensten Fall einer der Protagonisten, dem diese Anmut gelingt. Vielleicht liegt das daran, daß sie sich einen Abend lang mit jeder Geste und bei jedem Schritt um diese Anmut bemühen. Mit der Bemühung allerdings ist der Blütenstaub vom Schmetterling namens Anmut auch schon verflogen. Nein – gerade dort, wo der Blick nicht voll Absicht hingelenkt wird, gerade dort ereignet sich meistens das unvorhergesehen Wunderbare. Ich habe es einmal während einer Vorstellung von Carmen beobachten können. Ich saß mit einem Freund in einer Loge und lauschte den Klängen von Carmens Stimme. Gewaltig gurrend und Röcke werfend, rollte sich die Darstellerin der Carmen als Männerphantasien provozierendes Tier über die Tische und Stühle einer verruchten Spelunke. Die Stimme der Sängerin war in der Tat überwältigend, und alle Mitspieler auf der Bühne nahmen Körperhaltungen ein, die symbolisieren sollten: »Was für ein Prachtweib bist du doch, o Carmen. Sei mein heut' nacht, und vergiß den dummen Torero!« Das Spektakel war natürlich glänzend inszeniert, und ich hatte große Freude daran, meine eigenen Phantasien kennenzulernen, während dieses glutäugige Ding da unten auf der Bühne wieder einmal – scheinbar absichtslos – den Träger ihre Zigeunerbluse von der Schulter rutschen ließ ... Da geschah es: Fernab vom Donnergrollen des erotischen Vulkans namens Carmen griff eine Statistin zu einem Weinglas, füllte es mit einer roten Flüssigkeit aus einem Tonkrug und trank daraus. Es war aus und vorbei und um mich geschehen. Sollte doch Carmen sich mit ihrem Metzger in bunten Hosen auf und davon begeben – der Abend und der Sinn des ganzen Abends gehörte diesem namenlosen Mädchen. Der Sinn des Abends hieß »Die Macht der Erotik«, und alle, alle, alle bemühten sich aufs ehrlichste, diesen Anspruch zu erfüllen. Diesem Mädchen aber dort ganz links hinten war – ohne daß sie wußte, was sie tat – der Vollzug dieses Anspruches gelungen. Ihr war es gelungen, die Macht der Erotik zu zeigen, weil sie den Anspruch nicht hatte und nichts beweisen mußte. Vielleicht war sie nur eine Studentin, die sich hie und da als Statistin ein Zubrot verdiente, und für »Carmen« war sie genommen worden, weil sie von Natur aus lange, schwarze, spanische Locken hatte und die Geschäftsführung der Oper eine Perücke einsparen konnte. Egal – dieses Mädchen transportierte in wenigen, absichtslosen Sekunden all das, worüber in dieser Oper stundenlang gesungen und gerungen wurde. Ich atmete damals tief durch, und als ich dieses Mädchen weiter beobachtete, erkannte ich, daß sich der Augenblick nicht wiederholen würde. Sie war wieder von der Situation auf der Bühne und einem Chorsänger gefesselt, der stürmisch einen Arm um sie legte und mit großer Geste – im Rausch der entfesselten Sinne – den restlichen Inhalt des Kruges über sie leerte. »Ha, ha, ha! ... Ha ... Hahaha«, lachte das Volk auf der Bühne und schwenkte spritzend Tonbecher und Krüge, was symbolisieren sollte, daß die Situation langsam außer Kontrolle zu geraten drohte. Das Mädchen tat das ihre und lachte lauthals auf, als der Chorsänger den angeblichen Rotwein aus ihrem sehr offenen Dekolleté schlürfte und Sinnenlust demonstrierte. Ich seufzte tief, schob meinen Stuhl zurück und verließ die Loge. »Was tust du?« flüsterte mein Freund, und ich antwortete rückwärts gewandt: »Es kommt nichts Besseres mehr nach – bleib nur hier; ich gehe ein wenig an die frische Luft und warte dann gegenüber der Oper bei dem kleinen Italiener auf dich.«

Gesagt, getan. Und nach einem wunderbaren, gegrillten Fisch und Spaghetti aglio e olio erzählte ich ihm von meinem Erlebnis während der Aufführung. Er verstand mich, weil er mein Freund ist und eine Ahnung hat von meinen Sinnenwelten. Wir versprachen einander, in Zukunft wachsam zu sein und offenen Blickes durch die Welt zu gehen. Wir wollten wachsam sein, um immer dann die Augen offen zu halten, wenn die Anmut sich zeigen wollte. Diesen Schwur besiegelten wir mit einem Glas echten Rotweins der Marke »Nobile di Montepulciano« und lachten noch bis tief in die Nacht.

Nun also war da so ein Augenblick. Nun war da eine Anmut, nur wenige Meter von mir und meiner Welt entfernt, und die Anmut, mit der Maria ihre Tasche absichtslos über ihre Schulter warf, ließ mir den Atem stocken. Weich und fließend warf sie ihre Tasche über ihre Schulter und beugte sich, auf den Zehenspitzen stehend, in ihren Wagen, um etwas von ihrem Rücksitz zu holen, was ich nicht erkennen konnte. In dieser Bewegung, mitten in dieser Bewegung, fühlte sie meine Beobachtungen. Das ist ja eines der magischsten Phänomene des Menschen. Es ist ein Phänomen, daß wir fühlen, wenn uns jemand beobachtet. Ja, ja, werden Sie jetzt sagen, das kennen wir doch alle ... Sicher kennen wir alle dieses Phänomen, aber wissen wir eigentlich, was das bedeutet? Daß wir dieses Phänomen kennen und akzeptieren, heißt doch, daß es eine Form der Verbindung gibt zwischen den Menschenwesen, die nicht materieller Natur ist. Das heißt doch, daß es etwas gibt in unserer Menschennatur, das sich mit einem anderen Menschen dergestalt verbinden kann, daß er es fühlt, selbst wenn es zu keinem körperlichen Kontakt kommt. Und das kennen wir, und akzeptieren wir so ohne weiteres? Das ist doch ein ganzes Weltgebäude, das mit diesem Akzeptieren oder Nichtakzeptieren steht oder fällt. Wir akzeptieren doch damit die Tatsache, daß es in unserem materiellen Körper irgend etwas gibt, das jenseits dieses Körpers ein Eigenleben hat. Jenseits der Begrenzungen durch die Materie existiert das, was vielleicht manche Menschen jetzt an dieser Stelle den Astralkörper nennen würden. Dieses magische Etwas ist es dann auch offensichtlich, dessen Auswirkung wir

spüren, wenn uns jemand beobachtet, ohne daß wir es bewußt erkennen.
Dieses Erfühlen der Präsenz eines anderen Menschen, den wir noch nicht bewußt wahrnehmen, war es auch, was die alten Samurai am Ende ihrer Ausbildung geübt haben. Jahrelang haben sie erst einmal gelernt, das Schwert zu halten, das Schwert zu ziehen, dann erst durften sie den großen und den kleinen Hieb erlernen, später dann die Begegnung mit einem Gegner. Nach den Prüfungen im Kampf Mann gegen Mann folgte das Training im Kampf gegen eine Überzahl von Angreifern, und wenn alle diese Stufen zur Zufriedenheit des Meisters absolviert waren, dann begann die Einweihung in den »Kampf mit dem unsichtbaren Krieger«. Dann gingen die Samurai allein für lange Zeit in die Berge und lebten fernab jeder Zivilisation. Die Einsamkeit und das Fehlen jeder menschlichen Anregung begann, ihre tiefsten tierischen Instinkte freizulegen, und mit der Zeit entwickelten sie wieder ein Empfinden dafür, ob sich ihnen ein lebendes Wesen näherte und ob diese Annäherung friedlich geschah oder in feindseliger Absicht. Dieses Können gab ihnen nach erfolgten Exerzitien die Fähigkeit, im Kampf gegen

mehrere Gegner, ohne den Kopf zu wenden, einen von links hinten heranjagenden Feind niederzustrecken. Akira Kurosawa zeigt in seinem Film »Die sieben Samurai«, wie sich die Ritter des mittelalterlichen Japan diesen Künsten so sehr widmen, daß eine Handvoll von ihnen – die berühmten sieben eben – ein Dorf vor der Übermacht von Dutzenden Angreifern schützen kann.

An jenem wunderbaren Tag, von dem ich vorhin begonnen habe zu berichten, fühlte Maria meinen Blick in ihrer Aura und wendete sich um. Sie hob langsam in die Bewegung des Oberkörpers ihre linke Hand in die Höhe, um ihre blauen Augen vor den Strahlen der Frühjahrssonne zu schützen, die an jenem wunderschönen Tag rund und voll über uns hing. Sie blickte kurz suchend umher, dann entdeckte sie mich, wie ich in einer nicht sehr vorteilhaften Position auf meinem Fensterbrett kauerte und mich mit beiden Händen zur Sicherung an einem Kirschbaumast abstützte. Sie lächelte, hob dann ihre Hand und winkte mir zu. Ich versuchte, möglichst souverän zu wirken, und ließ mit einer Hand den Baum los, um zurückzugrüßen, und mitten in meinem locker dahingerufenen »Hallo« rutschte ich, einem

plötzlichen Schwindel folgend, von dem Fensterbrett und krachte in die Tiefe.
Das war unser Anfang.
Man könnte sagen, es hatte sein Gutes, mit diesem humoresken Aktionismus den Beginn einer Liebe zu markieren ... Und ich will mich jetzt nicht in Gedankenspielereien einlassen, die nichts mit der erlebten Realität zu tun haben. Auf jeden Fall mußte sie über meinen Abgang aus dem Kirschbaum so herzlich lachen, daß ich meinen Segelflug jederzeit für sie wiederholt hätte, nur um dieses Lachen wieder zu erleben. Es leuchtete wie ein weißes Wolkenband, das von der aufgehenden Sonne angestrahlt wurde. Hell und weit von Horizont zu Horizont gespannt, flog ihr Lachen zu mir herüber, und dann trat sie an den Zaun und fragte mich: »Haben Sie sich weh getan?«
Natürlich, natürlich hatte ich mir weh getan – doch niemals im Leben hätte ich diese Schmach in diesem Moment zugegeben. Ich richtete mich mit größtmöglicher Leichtigkeit auf und antwortete relativ flüssig: »Nein, nein ... So verlasse ich jeden Tag mein Haus ...«
Sie respektierte meinen Versuch, ein Held zu sein, und lachte weiter und weiter, und so kamen wir ins Gespräch.

Es stellte sich heraus, daß sie die Tochter meines Vermieters war, also des Besitzers dieses Hauses, von dem ich in den letzten Sätzen so voreilig als »meinem Haus« gesprochen habe. Das Anwesen war seit hundert Jahren im Besitz ihrer Familie, und nach dem Tod ihrer Mutter hatte ihr Vater den Erinnerungen entfliehen wollen und das Haus geräumt. So weit, so gut. Wir verbrachten eine Zeit damit, uns mit kurzen Andeutungen einige Eckdaten unserer Biographien zuzuwerfen, um ein ungefähres Bild vom anderen zu erhalten. Maria arbeitete in der Firma ihres Vaters als seine rechte Hand, und soviel ich damals in diesem ersten längeren Gespräch begriffen habe, beschäftigte sich ihr Vater mit dem Ankauf von Firmen, die er dann neu organisierte und mit Gewinn wieder verkaufte. Es war eine faszinierende, mir völlig fremde Welt, in die ich auf diese Weise einen kleinen Einblick erhielt. Was immer sie mir erzählte, ich konnte vieles gar nicht in seinen letztendlichen wirtschaftlichen Dimensionen ermessen, weil mir das Einstiegswissen fehlte, aber eines wurde mir schon nach wenigen Minuten klar: Wenn irgend jemand aus den unterschiedlichsten äußeren Welten kam, dann waren das Maria und ich.

Ich betone die äußeren Welten deshalb so sehr, weil ihr Blick eine andere Sprache sprach. Ihre Augen waren von einer Lebendigkeit und Wärme, daß ich mir schwer vorstellen konnte, wie dieses Wesen in den knallhärtesten Geschäftsgesprächen mit internationalen Kunden um Millionenbeträge verhandelte. Offenbar konnte sie damals jedoch ihre innere und äußere Welt mühelos vereinen, weil es auch nichts in ihrem Leben gab, was sie über Gebühr in Anspruch genommen hatte. Um deutlicher zu werden: Ich filterte mit einigen, scheinbar absichtslos gestellten Fragen heraus, daß sie weder verheiratet, verlobt, verliebt oder sonst irgendwie an ein männliches Wesen gebunden war. Ich mußte über mich selbst schmunzeln, als ich feststellte, mit welchem stillen Eifer ich dieser Frage auf den Grund ging. Und das schon beim ersten Abendessen. Maria hatte mich nämlich zu einem Sushi-Dinner eingeladen, nachdem wir gegenseitig unsere Wohnungen inspiziert hatten.
Nein, das klingt jetzt etwas zu offiziell. Es war so, daß ich im Verlauf unseres Gespräches mit ihr in den ersten Stock geschlendert war, in dem sich ihre Wohnung befand. Die Glasplatte, auf der das Wort »Glas« stand, war

tatsächlich fast das einzige Möbelstück in ihrer Behausung. Auf dem Glastisch stand ein riesiger Bildschirm, der an einen Computer angeschlossen war und somit endlich die heutige Welt in mein verwunschenes Dornröschenschloß brachte. Sie registrierte mit wachsender Belustigung, wie ich staunend vor dem Computer stand, und begann, sich in der Folge dafür zu interessieren, wie mein Reich im Halbstock aussehen könnte. Ich stellte erstaunt fest, mit wieviel Freude ich sie einlud, sich doch auch meine Räume anzusehen. Ich sage deshalb, daß ich erstaunt war, weil es immer sehr, sehr lange dauert, bis ich jemandem die Zugbrücke zu meiner Burg herunterlasse. Das ist eine Eigenart von mir und spiegelt sicherlich einen Teil meiner inneren Welt wider. Ich brauche einfach meine Zeit, bis ich wirkliches Vertrauen fasse und die Fensterbalken öffne – dann aber ist es schwer, sie wieder zu schließen ... Wo war ich? Ah, ja – bei Marias Rundgang durch meine Wohnung. Sie wanderte wie ein kleines Mädchen mit glänzenden Augen durch meine Welt. Fassungslos blieb sie vor den Holztruhen mit den alten und uralten Manuskripten stehen, zärtlich strichen ihre Finger über die restaurierten

Gobelins aus der Normandie, die bei mir im Vorzimmer hängen – sie mußte lachen, als sie an der alten Ritterrüstung vorbeikam, die den Übergang vom Wohnzimmer zum Eßzimmer bewacht. Meine alten handgeschnitzten Stühle aus dem sechzehnten Jahrhundert, die Ölbilder aus der Renaissance, meine barocken Kerzenleuchter aus Venedig … Alles, alles versetzte sie mehr und mehr in Erstaunen. Ich war für sie genauso eine fremde Welt wie sie für mich – und aus diesem wechselseitigen Bestaunen und durch diese Neugier auf den Menschen, der hinter der äußeren Welt lebte, kam unsere Annäherung zustande. Nach dem Sushi-Dinner in einem höchst stilechten Innenstadtjapaner, zu dem sie mich eingeladen hatte, beschloß ich, für sie zu kochen. Nein, ich habe nichts gegen Sushi – wirklich nicht, im Gegenteil, möchte ich fast sagen –, aber ich bin nun mal ein Mensch, der sich in offizieller Atmosphäre schwertut. Noch dazu mußte ich einen Abend lang vor einem lackierten Bambustischchen knien, um zu essen, und das hatte zur Folge, daß meine Beine blutleer wurden und ich große Probleme damit hatte, am Ende des Sushi-Dinners wieder in die Höhe zu kommen. Abgesehen davon, daß kein

wirklich intimes Gespräch zustande kommen konnte, weil ich mich von allen Seiten belauscht fühlte, war es doch ein passabler Abend. Vor allem, weil sie am Ende – am First der Treppe, die in den ersten Stock zu ihr führte – akzeptierte, daß ich sie zum Abendessen bei mir einlud.
Ich glaube, meine Schwächen im Lauf der Jahre einigermaßen erkannt zu haben, und ich habe auch die eine oder andere Stärke. Mit diesem so bescheiden klingenden Satz versuche ich zu überspielen, wie stolz ich auf meine Kochkunst bin. Wenn ich nämlich irgend etwas wirklich kann, dann ist es kochen. Ich weiß selbst nicht wieso, ich habe niemals einen Kurs besucht, und wie man den richtigen Trüffel vom falschen Trüffel unterscheidet, kann ich auch nicht sagen, weil sich meine Essenszubereitung nicht in diesen Ebenen abspielt. Ich koche einfach gerne nachvollziehbares Essen aus dem Volk.
An dem Abend, an dem Maria bei mir war, bereitete ich ihr einen gefüllten Truthahn mit Serviettenknödeln zu. Das ist eine Sache, die nur ein wenig Geduld braucht. Man beginnt damit, den Truthahn mit entkernten Äpfeln und Orangen zu füllen und steckt ihn ins

Rohr. Natürlich muß man darauf achten, daß die Temperatur im Rohr nicht zu hoch ist, damit das Fleisch saftig bleibt. Das ist zum Beispiel eines der Geheimnisse. Man sollte, was immer man in einer Form im Backrohr brät, mit viel weniger Temperatur braten als angegeben, dafür jedoch mindestens ein Drittel länger. Das heißt, im Falle meines Truthahnes mit drei Kilo nicht dreieinhalb Stunden, sondern mindestens fünf Stunden auf sehr, sehr kleiner Flamme. Alle halbe Stunde muß man das Tier übergießen. Natürlich habe ich den Truthahn vorher mit Salz eingerieben und dann mit Honig eingepinselt. Ein alter Trick, der amerikanischen Grenzlandfrauen, der sich bis zu mir herumgesprochen hat. Zum Aufgießen kann man eine Mischung aus Wasser mit einem Schuß Bier verwenden, was das Aroma, ohne aufdringlich zu sein, deutlich verbessert. Während der Turkey nun vor sich hinbrät, bereite ich den Serviettenknödel zu. Es gibt Freunde von mir, die mir gestanden haben, daß sie meinen Truthahn zwar wirklich lieben, aber das Geflügel eher als Beilage zu meinem Serviettenknödel sehen als umgekehrt. Das ist natürlich ein enormes Kompliment, weil – bei aller Liebe –, es ist kein wirklich großes Ding, einen Truthahn ins Rohr zu schieben. Irgendwie wird das Vieh immer geraten. Und wenn es zu trocken sein sollte, na, dann reicht man eben Apfel- oder Preiselbeerkompott, um ihn am Gaumen wieder etwas zu befeuchten.

Ein Serviettenknödel dagegen ist wirklich die hohe Schule. Man nimmt eine große Schüssel und füllt sie mit würfelförmig geschnittenem Toastbrot. Dann bröselt man ein bis zwei Schnitten Schwarzbrot hinein. Man hackt Petersilie – gibt sie dazu, eine Zwiebel – gibt sie dazu, Salz, Pfeffer, Muskatnuß. Mehl, Milch, Eier und einen halben Kaffeelöffel Zucker. Und dann rührt man und knetet man das Ganze, bis es eine schwere, teigige Konsistenz angenommen hat. Wenn die Masse ein nach Muskatnuß duftender Teig geworden ist, läßt man ihn eine Viertelstunde ruhen. Dieses Ruhen ist von allergrößter Wichtigkeit. Denn während dieses Ruhens durchdringen die einzelnen Zutaten einander auf das Innigste, und erst nach dem Ablauf der Ruhephase kann man erkennen, wie die tatsächliche Konsistenz beschaffen ist. Dann erst kann man entscheiden, ob noch etwas Milch nötig ist oder noch etwas Mehl – je nachdem, ob der Teig cremiger oder fester werden soll. Am Ende dieser alchimistischen Handlungen kommt der Vorgang, der dem Serviettenknödel seinen Namen gibt. Man nimmt eine große Stoffserviette mit den Ausmaßen fünfzig mal fünfzig Zentimeter, breitet den Stoff auf dem Küchentisch aus und stülpt den Serviettenknödelteig in die Mitte. Dann klopft man ihn mit Händen, die man zuvor in kaltes Wasser getaucht hat, zu einer Halbkugel fest. Die Hände sind deswegen in kaltes Wasser zu tauchen, damit der Teig nicht an den Fingern kleben bleibt. Im Anschluß daran zieht man die vier Enden der Stoffserviette über den halbkugelig daliegenden Teil, dreht die Serviette sehr fest zusammen und bindet den so entstandenen Stoffstrang mit einer Schnur sehr fest zusammen. In der Zwischenzeit hat man einen geräumigen Topf halbvoll mit Wasser zum Kochen gebracht und hängt nun den Serviettenknödel in das sprudelnde Wasser. Der Topf muß deswegen nur halbvoll sein, weil die Raumverdrängung des Serviettenknödels mitbedacht sein will. Als Aufhängung verwendet man am besten einen langen, hölzernen Kochlöffel, den man quer über den Topfrand legt, um in seiner Mitte den Serviettenknödel zu befestigen.

Weiterhin ist darauf zu achten, daß der Strick, an dem der Knödel hängt, so abgemessen ist, daß die Unterseite der Serviette nicht auf dem Topfboden zu liegen kommt, sondern der Knödel in seinem Tuch freischwebend von allen Seiten gleichmäßig dem kochenden Wasserbad ausgesetzt ist. In dieser Position läßt man den Serviettenknödel eine Dreiviertelstunde lang kochen. Danach hebt man ihn am hölzernen Kochlöffel aus seinem Bad und öffnet das Stofftuch. Jetzt erhält man einen fertigen, duftenden Knödel, den man in Scheiben schneiden kann, um ihn zum Truthahn zu servieren. Alles in allem benötigt man für die Erstellung dieses Menüs nicht länger als fünf bis sechs Stunden, eine Zeit, die mit größter Lust und Vorfreude verbracht werden kann, wenn man auch noch weiß, für wen man sich all die Mühe macht.

Maria war von dem Ergebnis jedenfalls begeistert, und ich sage dies mit einer gewissen stolzen Selbstbestätigung. Als Dessert servierte ich ihr dann noch einen »Mohr im Hemd«. So verrückt diese Süßspeise klingt, so sensationell ist ihr Eindruck, den sie hinterläßt. Der Mohr im Hemd ist ein Schokolade-Nußkuchen, der im Dampfbad zubereitet wird, um dann, mit flüssiger Schokolade übergossen, serviert zu werden. Es gibt unterschiedliche Schulen, was den Mohr im Hemd betrifft: Die einen versetzen die Schokoladesauce mit einem Schuß Cognac, die anderen belassen es beim puren Geschmack der heißen, schwarzen, samtigen Süße. Ich persönlich schließe mich den Puristen an und serviere den kleinen Cognac lieber daneben in einem großen, bauchigen, über heißem Wasserdampf angewärmten Cognacschwenker. Selbstverständlich darf als Abrundung ein türkischer Kaffee nicht fehlen. Je nach Stimmung und Situation kann auch ein Espresso serviert werden, den ich aber – speziell zum Mohr im Hemd – als zu schnell empfinde.

Ja – wie sein Name schon sagt: Ich behaupte, im Espresso schmeckt man die Eile und das Tempo seiner Zubereitung. An der Theke einer Bar auf der Piazza Navona getrunken hat er selbstverständlich seine absolute Berechtigung, aber zu einem romantischen Abendessen zu zweit vor einem flackernden Kaminfeuer sollte man sich die Mühe machen, und einen türkischen Kaffee zelebrieren. Ich persönlich gehe dabei so weit, die Bohnen erst unmittelbar vor der Zubereitung selbst zu mahlen. Ich habe dafür eine Kaffeemühle, die so zu regulieren ist, daß sie den fast staubartigen Kaffee reiben kann, den man für einen echten türkischen braucht. Von einer meiner Reisen nach Ägypten habe ich mir einige Messingkännchen mit Holzstiel mitgebracht, die für die Zubereitung des schwarzen Getränkes unerläßlich sind. In das kleine Messinggefäß füllt man zwei bis drei Löffel Kaffeepulver, Zucker und eine winzige Prise Kardamom. Das ist das große Geheimnis beim echten türkischen Kaffee. Erst der Kardamom gibt die orientalische Note, die diese Kaffeeart so sehr nach Tausendundeiner Nacht schmecken läßt. Interessanterweise wird der so zubereitete Kaffee niemals in gleichem Maße aufregend wirken wie sein jüngerer Bruder, der Espresso. Anregend, ja – aber niemals so schweißtreibend, wie es mit einem hastig zubereiteten Kaffee geschehen kann. Wenn das kochende Wasser einige Minuten in dem Messingkännchen Zeit hatte, das Kaffeepulver zu durchdringen, nimmt man das Kännchen an seinem Holzstiel und »klopft« den Kaffee. Diesen Brauch habe ich zum ersten Mal in einem Kaffeehaus auf einem Bazar in Luxor gesehen. Das heißt, man nimmt das Messingkännchen an seinem Holzstiel und schlägt es sanft mit dem Boden auf den Tisch – dies tut man fünf bis sechs Mal – und es hat den Sinn, daß die Reste des Kaffeepulvers, die noch an der Oberfläche schwimmen, zu Boden sinken. Daraufhin füllt man den fertigen türkischen Kaffee in kleine Porzellanschälchen und verträumt sich in Geschichten und Bilder aus einer anderen Zeit.

Maria und mir ging es jedenfalls so. Wir saßen nach unserem Festmahl vor meinem lodernden Kamin, nippten an unseren heißen Porzellanschälchen und blickten in die Flammen. Lange Momente verbrachten wir so schweigend und in Betrachtung. Es war wunderbar, mit ihr vor dem Feuer zu sitzen und nichts zu sagen. Besser wäre es so zu formulieren: Wir saßen da und redeten nicht, denn unsere Körper und unser Schweigen sagten so unendlich viel. Ich fühlte ihre Nähe wie einen warmen Windhauch, der mit der untergehenden Sonne in der Wüste in ein Beduinenzelt weht. Ihr Körper glühte von unserer Nähe und der Vertrautheit, die sich im Laufe des Abends eingestellt hatte. Ich sah, wie ihre wunderschönen schlanken Finger mit ihrer Kaffeetasse spielten, und wie sie beim Anblick des Feuers leicht vor sich hin lächelte. Ich hatte in der ganzen Wohnung nur Kerzen brennen, und im Halbdunkel spiegelten sich die Flammen des Kamins in ihren hellen Augen. Von Zeit zu Zeit hob und senkte sich ihre Brust, wenn sie tief atmete, und ich hatte die Vermutung, daß sie sich sehr wohl fühlte.

»Hier bei Ihnen ist alles so anders ...«, sagte sie nach einer langen Zeit der Stille, in der nur das Geräusch des knackenden Holzes zu hören gewesen war.

»Wie anders?« fragte ich und griff nach meinem Rotweinglas.

»Die Zeit läuft bei Ihnen so anders als da draußen – und vor allem als in meinem Leben ...«

»Und ist das angenehm für Sie, oder ...«

Sie hob den Blick und lächelte mich an: »Es ist sogar sehr angenehm.«

Lange sahen wir einander in die Augen, und ich spürte das heftige Verlangen, ihr die Kaffeetasse aus der Hand zu nehmen, sie zu umarmen und sie zu küssen. An dem Punkt, an dem ich dieses Verlangen nicht mehr unterdrücken konnte, stand ich zur Sicherheit auf und legte eine alte Schallplatte auf. Ich besitze noch eines dieser Geräte, auf denen sich schwarze Scheiben drehen, um Töne zu produzieren, und ich mag es auch sehr, das leichte Rauschen der Abspielnadel zu hören. Die Musik war völlig aus der Zeit, aber ich denke, Maria hatte auch nichts anderes erwartet. Ich setzte mich wieder zu ihr und lächelte sie an.

»Schöne Musik«, sagte sie und spielte mit einer Locke ihres Haares.

»Es freut mich, daß sie Ihnen gefällt«, antwortete ich und legte ein neues Holzscheit auf die schon etwas niedergebrannte Glut. Sehr schnell züngelten neue Flammen empor, und knackend und knisternd fing das Holz Feuer.

»Ich wollte Sie etwas fragen«, sagte Maria dann, und: »Gerne, alles, was Sie wollen«, antwortete ich.

»Bei aller Liebe zu den alten Zeiten – wollen wir nicht endlich du zueinander sagen?« Sie sah mich mit einem unwiderstehlichen Lächeln an und drehte nach wie vor ihr Haar um die Finger ihrer linken Hand.

»Sie werden lachen, ich habe mir soeben überlegt, ob ich es nicht auch vorschlagen soll«, sagte ich und lächelte zurück.

»Also dann – ich heiße Maria«, sagte sie, griff nach ihrem Rotweinglas und hob es leicht vor sich an.

»Ich heiße Christian«, antwortete ich, und dann verschränkten wir unsere Arme wie in einem alten Film und tranken den Rest des Rotweines, der noch in den Gläsern war. Danach lösten wir die Arme wieder voneinander, umarmten und küßten uns und öffneten unsere Kleider und liebten uns leidenschaftlich vor dem heiß brennenden Feuer ...

Tja, das hätten Sie nicht gedacht, was? Ich muß Ihnen ehrlich gestehen, ich auch nicht. Ich hätte in meinem Zeitplan einen ganz anderen Ablauf der Dinge für möglich gehalten. Ich sah uns einige Verabredungen einhalten. Ich sah uns durch die Landschaft fahren und lange Spaziergänge machen. Ich sah uns in ein Kino gehen und einer Meinung über die schauspielerischen Leistungen der Hauptdarsteller sein. Ich sah uns nach einer geraumen Zeit – so nach drei bis vier Wochen – einmal in einer abgelegenen Waldpension, bei der ein Fenster eingeschmissen war, vor einem plötzlich hereinbrechenden Unwetter Schutz suchen, und im Zuge dessen vielleicht ...

Aber »erstens kommt es anders, zweitens als man denkt«, um das herrliche Zitat an dieser Stelle einmal zu plazieren. Es war ganz einfach unaufhaltsam, was wir erlebten. Unaufhaltsam waren wir aufeinander zugeflogen, und unaufhaltsam flogen wir plötzlich nebeneinander her. Diese erste, überraschend schnelle, heiße, leidenschaftliche Nacht mit Maria, die mich an mehrere doppelte Espressi denken ließ, war nur das logische Ergebnis unseres ersten Blickes. In Wahrheit hätte ich sie als Ergebnis dieses ersten Blickes damals schon an der Hand nehmen können – und in meine Wohnung führen, und sie hätte sagen können: »Um Gottes willen, laß uns nicht eine Minute länger zögern. Wir sind füreinander geschaffen, also – worauf warten wir?«

Konrad Lorenz, der berühmte Verhaltensforscher, dessen Werk ich im übrigen sehr schätze, hat einmal davon gesprochen, daß bei einer höher entwickelten Spezies, wie es der Mensch sein kann, das Paarbildungsritual einen sehr wichtigen Stellenwert hat und daß eine Paarbildung um so wertvoller ist, je länger sich die daran Beteiligten Zeit nehmen, die einzelnen rituellen Stufen der Paarbildung zu durchlaufen. Es ist ganz sicher so, daß es in Tiroler Bergtälern und Westafrikanischen Sozietäten in der Tat Paarbildungsrituale gibt, die sich von Regenzeit zu Regenzeit hinziehen – aber ich bin mir nicht sicher, ob Konrad Lorenz dabei

auch den Aspekt der brennenden Leidenschaft mitbedacht hat. Ich glaube nicht.
Auf jeden Fall war das, was Maria und mich zu verbinden begann, auch eine brennende Leidenschaft. Ich liebte es, mit ihr stundenlange Gespräche über das Lernverhalten freilebender Delphine vor der Küste Guams zu führen oder mit ihr Hand in Hand durch die Innenstadt zu schlendern und das zu betreiben, was wir »soziale Feldstudien« nannten. Mit anderen Worten: Wir taten nichts anderes als Passanten zu verfolgen und uns über ihre Kleidung, ihren Gang und ihre Sprache ein Bild von ihnen zu machen, das in einem Rätsel mündete. Würden wir es schaffen, die Lebenssituation des Ausgesuchten zu erkennen, nur an der Art, wie er geht, steht und spricht? Nach einigen Versuchen sprachen wir dann den Beobachteten an und unsere Trefferquote war beachtlich hoch. Das alles war aber nur Kokolores. Es war der herrlich gedankenlose Zeitvertreib eines in der Paarung befindlichen Paares, und diese Spielereien dienten nur dazu zu verhindern, daß wir nicht ununterbrochen vor unserem Kaminlager oder in meinem Bett oder in ihrem Bett oder auf meinem Küchentisch oder auf ihrer doch überraschend stabi-

len Glasplatte oder auf dem Rücksitz ihres blauen Volkswagenkabrioletts …
Ich liebte sie bis zum Wahnsinn, und ich denke, ihr ging es genauso. Und weil ich ein unverbesserlicher altmodischer Romantiker bin, fuhr ich eines Tages mit ihr in ihrem blauen Volkswagenkabriolett auf einen Hügel und tat es. Ich tat es … Ha – ich habe es getan. Ich habe ihr einen Heiratsantrag gemacht!
Ja, das habe ich getan – und sie hat »ja« gesagt, damals auf dem Berg mit dem Blick über das Tal, mit dem See in der Ferne … Es war so, daß wir an einem Wochenende in ihr blaues Volkswagenkabriolett gestiegen und losgefahren sind. Das heißt, ich wußte genau, wo ich mit ihr hinfahren wollte, habe aber den lockeren Satz gesagt: »Laß uns doch einfach mal losfahren und sehen, wo wir landen …« Manchmal hat es eine sehr starke Wirkung, improvisiert zu wirken. Das ist so mit der Kunst – und einen Heiratsantrag zu machen, ist eine Kunst, wenn man es ernst nimmt. Goethe hat gesagt: »Jede Kunst gefällt nur, wenn sie den Anschein der Leichtigkeit hat. Sie gefällt nur, wenn sie wie improvisiert wirkt.« Das hat er gesagt, und das wichtigste Wort in seinem Satz ist das Wie. Er hat gesagt

»wie improvisiert« und nicht »improvisiert«. Das heißt eben nicht, daß er dem Zufall und dem Dilettantismus das Wort geredet hat, sondern der Tatsache, daß eine Aktion herrlich zufällig wirken darf, wenn sie vorher bis ins Kleinste vorbereitet wurde.

Glauben Sie mir, diesen Augenblick auf dem Hügel mit dem Blick auf den See in der Ferne hatte ich vorbereitet. Sie kennen ja die Landschaft bereits – wir haben uns schon einmal darüber unterhalten: Es handelt sich um den Platz auf dem Lande, wo am Waldesrand das hellblaue, verlassene Bauernhaus steht und in den handtuchartig daliegenden Feldern die weißen Schmetterlinge tanzen. Sie erinnern sich? Gut ...

Also genau dorthin bin ich mit ihr an einem sonnigen Wochenende gefahren. Ich hätte auch nach Brindisi mit ihr fliegen können und dort einen kleinen Palazzo mieten – oder nach Assuan und ihr die entscheidende Frage in dem Augenblick stellen, in dem die Sonne hinter dem Nil versinkt und die Palmen scherenschnittförmig in den blauvioletten Himmel ragen. Was immer man plant, um die Frage zu stellen, auf die man sich ein »Ja« erhofft, es sollte eine starke unvergeßliche Atmosphäre herrschen. Eine Atmosphäre, die eine Kraft hat, die man sich merkt. Der Sinn der Sache liegt darin, daß einem dann die Erinnerung an diesen Augenblick die Kraft geben kann, in schweren Zeiten wieder Mut zu fassen. So ein Platz kann dann zu einem magischen Ort werden, an den man im Geiste immer wieder fliegen kann, um sich an seiner Wirkung zu stärken …

Ich hatte während unserer Fahrt in das Wochenende von meiner Kindheit erzählt und auch davon, was mir dieser Ort bedeutete mit dem hellblauen, verlassenen Bauernhaus auf dem Hügel vor dem Waldesrand. Sie hatte neben mir in ihrem blauen Volkswagenkabriolett gelegen und mir aufmerksam zugehört und dabei von Zeit zu Zeit meinen Nacken gestreichelt. Ich liebe ihr Lächeln, wenn sie entspannt ist. Ich könnte alles tun – Himmel und Hölle in Bewegung setzen – für diesen Ausdruck in ihrem Gesicht. Sie vergißt dann völlig das Gestern und Morgen und ist ganz da. Sie ist ganz da, und in ihrem Dasein lächelt sie wie aus einer anderen Zeit herüber in unseren Trubel und unser Chaos, das wir das Heute nennen. An jenem Tag lächelte sie mir so zu, daß ich aufpassen mußte, nicht vom Weg abzu-

kommen, aber nach einer Weile, in der ich sie mit meinen Erzählungen unterhielt, kamen wir auf dem Hügel an.
»Kommt dir die Gegend bekannt vor?« fragte ich und stellte den Motor ab.
Sie erwachte aus ihrem Lächeln und sah sich um: »Das ist doch ... das ist doch der Ort, von dem du mir die ganze Fahrt über erzählt hast.«
»Ja!«
Maria war sprachlos. Sie erkannte in diesem Augenblick, daß sich etwas Großes anbahnte. Sie erkannte es vor allem daran, daß ich vom Rücksitz ihres blauen Kabrioletts zwei Teleskopstangen hervorholte und neben dem Wagen in den Erdboden rammte. Zwischen den Stangen hatte ich an einem Kabel mehrere bunte Lampen befestigt, und das Kabel steckte ich nun in einen mitgeführten Akku, der meiner Konstruktion Strom gab. Es funktionierte. Vom Wagen weg spannte sich ein Kabel zu der ersten Stange, und von der ersten Stange zur zweiten Stange hing die Fortsetzung dieses Kabels, und an der so entstandenen Verbindung baumelten zirka fünfzig rote und gelbe Lampen, die in der einsetzenden Dämmerung strahlten. In der Folge holte ich ein rotweißkariertes Tischtuch aus dem Wagen, breitete es

auf der Schnauze des blauen Kabrioletts aus und stellte eine Flasche Chianti im stilechten Strohkorb darauf.

»Was tust du?« rief sie und schlug lachend die Hände vors Gesicht.

»Wolltest du nicht irgendwann einmal mit mir nach Italien fahren?« rief ich und ging um den Wagen herum zu ihrer Türe.

»Ja ... Ja ...«, rief sie und sah lachend zu, wie ich eine Kassette mit neapolitanischer Mandolinenmusik in das Autoradio drückte. Zu den einsetzenden Klängen reichte ich ihr meinen Arm und bat sie um einen Tanz zur untergehenden Sonne. Sie lehnte sich in meinen Arm zurück und lächelte mich wieder mit diesem Lächeln an, das aus einer anderen Zeit geflogen kam.

Ich fragte sie, ob sie meine Frau werden wollte, und sie lächelte ganz langsam und sah mich an und sagte: »Ja.« Ich bildete mir ein, daß sie dieses Wort im letzten Moment der untergehenden Sonne gesagt hatte, denn als wir aufhörten, uns zu küssen, war es schon stockdunkel. Einige Nachtfalter flatterten erstaunt um die roten und gelben Glühbirnen, und das hellblaue, verlassene Bauernhaus seufzte leise in der Dunkelheit am Waldesrand vor sich hin.

Als die Musikkassette zu Ende war, packten wir unser »little Italy« zusammen und fuhren in das nahegelegene Luxusrestaurant am See, um eine große Portion sehr, sehr kleiner Weinbergschnecken, auf einem sehr, sehr heißen Teller serviert, zu essen. Wir tranken dazu einen leichten, hellen Weißwein, der einen Nachklang nach Walnüssen hatte, und am Ende des Tages löschten wir das Licht in einem der Zimmer, die im ersten Stock des Landgasthauses lagen und schliefen erst ein, als draußen die erste Morgenröte über den See zog. Eine weiße Möwe kreiste tief über dem Wasser, als ich aufstand, um die Jalousien zu schließen, damit wenigsten ein paar Stunden Schlaf noch möglich waren.
Am frühen Nachmittag standen wir als verlobtes Paar auf, und ich fuhr mit ihr in die Stadt und zeigte ihr, wie man eine Cremeschnitte im Café Tomaselli so ansticht, daß die weichfeste, puddingähnliche Cremefüllung nicht völlig zur Seite quatscht. Sie lachte ununterbrochen und bestellte eine zweite Cremeschnitte, weil ich die erste bei meinen Erklärungen fast zur Gänze aufessen mußte. Dafür ließ ich sie dann von meinem Erdbeertörtchen kosten, zu dem ich mir, neben dem

doppelten Espresso, ein Himbeersoda bestellt hatte. Im Sommer bestelle ich dazu ein Himbeersoda, im Winter ein Glas kalte Milch. Fragen Sie mich nicht, warum – es hat sich bewährt.

Wir saßen dicht nebeneinander und begannen, die Hochzeit zu planen. Wir schrieben auf die Rückseite der Speisekarte die Namen aller Freunde, von denen wir uns wünschten, daß sie an diesem Tag bei uns sein sollten, um uns mit ihren Glückwünschen Starthilfe zu geben. Wir planten, daß die Hochzeit im kleineren Kreis stattfinden sollte, und nachdem wir bei vierhundertzwanzig Personen angekommen waren, begannen wir, die Liste noch einmal zu überarbeiten.

Seltsam – ich verliere mich … Ich bemerke, wie ich mich in die Erinnerungen an unseren Tag, an dem wir Mann und Frau wurden, zu verlieren beginne. Ich könnte Ihnen jetzt noch stundenlang davon erzählen, wie die Farbe ihres Kleides an unserem Tag war – elfenbein – elfenbein war die Farbe ihres Kleides. Oder was es als Dessert auf der Hochzeitstafel gab … Na was wohl: Mohr im Hemd natürlich! Und wie viele Lampions brannten, und daß die Combo, die zum Tanz aufspielte, weiße Din-

nerjackets trug. All das könnte ich Ihnen bis ins kleinste Detail nacherzählen, und Sie würden langsam, aber sicher etwas bemerken. Sie würden bemerken, daß ich mich um einen ganz entscheidenden Satz herumdrücke. Ich drücke mich um den entscheidenden Satz herum: Ich bin nicht glücklich.
Also ... Unsere Ehe war ... Sie war ... Also sagen wir, sie war in einer äußerst großen Krise, und ich wußte im Moment eigentlich nicht so genau, wo ich die Chance erkennen soll. Im Chinesischen gibt es ja nur ein Schriftzeichen für »Krise« und »Chance«. Wie weise ... Fünf Billionen Schriftzeichen hat dieses Kulturvolk entwickelt. Für jeden Lebensmoment gibt es eine kleine gemalte Zeichengebung. Ich glaube, selbst für die Wasserdampfart, die sich am Spiegel festsetzt, wenn man heiß duscht, gibt es in Kanton ein Schriftzeichen, doch für diese zwei lebensentscheidenden Zustände – für die Krise und für die Chance – hat der Chinese nur ein einziges Zeichen parat. Was will uns das sagen? Ich weiß es nicht ... Ich suche, darum habe ich auch begonnen, Ihnen all das zu erzählen, was Sie sich in der letzten Zeit freundlicherweise angehört haben.
In der Krise liegt die Chance für den Wechsel,

das ist mir schon klar. Nur welchen Wechsel will mir das Schicksal in dieser Krise meiner Ehe anbieten? Auf welchen Handel soll ich mich einlassen? Wohin treibt der Fluß meines Lebens? Ist dort in der Ferne das Brausen der Niagarafälle zu hören, oder ist es das Donnern einer startklaren Saturn-5-Rakete, die mein Leben in eine Höhe schießen wird, die ich mir jetzt, im Augenblick dieser Monumentalkrise, überhaupt nicht vorstellen kann, ohne schwindelig zu werden? Wer will es sagen.

Natürlich reizt es mich, Ihnen ein paar meiner grundsätzlichen Gedanken über die Ehe bei uns Westmenschen mitzuteilen. Aber vielleicht sollte ich Ihnen erst einmal erzählen, worin – aus meiner Sicht des Westmannes, der ich bin – das Haupträtsel meiner Ehe bestand. Besteht – wollte ich natürlich sagen. Ich liebe es übrigens, das Wort »Problem« durch das Wort »Rätsel« zu ersetzen. Ich glaube nämlich zutiefst, daß jedes Wort eine atomare Gedankenkraft in sich trägt, und das Aussprechen eines Wortes eine Magie in Bewegung setzt, deren Wirkung noch viel zu wenig erforscht ist. Wenn ich anhand eines nicht so leicht zu lösenden Lebenszustandes das Wort »Problem« zur Benennung einsetze, habe ich augenblicklich das Gefühl, den Zustand – der mich ohnehin schon damit prüfen will, daß ich ihn als Prüfung erkenne – doppelt zu belasten. Eine Art der Aussichtslosigkeit wird für mich durch dieses Wort in den Raum gestellt, die mutlos machen könnte. Wenn ich hingegen das Wort »Rätsel« verwende, dann hat das für mich sofort den Anreiz, mich auf die Suche nach der Lösung zu machen. »Was heilt, hat recht«, hat Paracelsus gesagt, und mir persönlich helfen diese Tricks, den Fallstricken dieses materiellen Planeten zu entgehen.

Das Weltprinzip unseres Planeten ist nun mal das beschwerende Prinzip. Von selbst fallen alle Dinge nach unten. Von selbst wird man alt. Von selbst wird man dick und schwer. Von selbst wird man mutlos und müde. Von selbst wird man steif und ungelenkig. Das Weltenprinzip unseres Planeten ist ein nach unten gerichtetes, flugverhinderndes Prinzip. Nein, nein, das ist kein Kulturpessimismus – im Gegenteil. Diese materialisierende Kraft kann ja der Prüfstein sein, ob man die Lust und die Energie hat, sie zu überwinden. Nur die Möglichkeit zum Absturz treibt uns dazu, über die Kunst des Fliegens nachzudenken, wenn wir wirklich nach oben kommen wollen. Nur die

Gesetze des Körpers sind es, die uns dazu anspornen, Wort zu halten und uns der Vergänglichkeit zu stellen. In einem klar erkennbaren Bild würde ich sagen: »Angesichts der Erdanziehungskraft ist es besser, nach zwei Cremeschnitten keine dritte mehr zu bestellen. Elvis ist die Warnung!« – Genug gescherzt.

Was ist das Rätsel, das es zu lösen gilt angesichts der immer größer werdenden Zahl von scheiternden Ehen in unserer westlichen Welt? Über zwei Punkte – mein persönliches Rätsel und das Welträtsel – würde ich gerne mit Ihnen sprechen. Das Rätsel, das uns die Welt mitgibt, lautet folgendermaßen: »Wann werdet ihr endlich begreifen, daß alles in ewiger, sich verändernder Veränderung ist?« Ja, so lautet die Frage des Weltgeistes an uns, und seit Aberzehntausenden von Jahren beobachtet er uns dabei, wie wir vor seiner Frage die Ohren verschließen und uns trotzig um das Ignorieren dieser Herausforderung bemühen. Alles ist in ununterbrochener, sich verändernder Bewegung, und diese Bewegung ist durch nichts aufzuhalten.

Das ist nämlich der Zusatz, den man erfahren darf, wenn man doch versucht, einen Bach aufzustauen. Das Leben will fließen, fließen,

fließen, fließen, fließen, fließen, fließen – und jeder Damm, den wir bauen, kann es in seinem Fluß nur scheinbar aufhalten. Nach einer Weile zwingt uns das Leben mit seiner aufgestauten Energie, zwischen zwei Wegen zu wählen. Entweder wählen wir den Weg des rechthaberischen Trotzes und bauen die Dämme noch höher, oder wir geben nach und lassen das Wasser des Lebens wieder ungehindert und zur Freude der Existenz fließen.

Der springende Punkt ist der, daß uns das Leben früher oder später belehren wird, daß sein Weg der einzig gangbare ist, weil es nämlich in einer alles niederbrennenden Springflut den allerhöchsten Damm eines Tages niederreißen wird. Betroffen steht der Mensch dann vor den Trümmern seiner Absicht, das Leben festzuhalten, und wieder hat er zwei Wege zur Wahl. Entweder fügt er sich – zu seiner eigenen Befreiung – in das Lebensprinzip der Freiheit, oder aber er glaubt, aus der Katastrophe nur gelernt zu haben, daß der nächste Damm eben noch höher und dicker sein müsse. Das humorvolle dieses Rätsels ist es zu empfinden, daß die Hingabe an das Weltgesetz des freien Fließens die eigentliche Befreiung darstellt. Wir sind natürlich alle auf die Machbarkeit

unseres Leben programmiert, und zu erkennen, daß wir überhaupt nichts »machen« können, empfinden wir als Niederlage.
Die Anforderung des Lebens an den erwachsenen Menschen ist es also, die Umprogrammierung seiner Vorstellung von sich selbst vorzunehmen. Leider werden wir alle mit Kulturbildern aufgezogen, die uns vorgaukeln, wir hätten Macht und Einfluß auf das Leben und die uns umgebende Welt, und leider lernen wir das Gefühl des Hochgenusses und des Glückes und des Siegestaumels nur dann kennen, wenn wir wieder einmal kurzzeitig das Leben besiegt haben. Ich sage kurzzeitig, weil schon ein Löwenzahnsame genügt, um eine Betondecke zu sprengen. Und wo einer blüht, blühen bald zehntausend. Wie schön wäre es doch, wenn wir in einer Kultur leben könnten, die das Mitfließen mit der Welt als Sieg bezeichnen würde und nicht das Vergewaltigen der Welt. Wie schön wäre es, wenn unser Selbstwertgefühl dadurch wachsen könnte, indem wir die Gesetze des Lebens von Geburt, Aufstieg und Abschied heiter annehmen könnten und nicht einen dieser Lebensabschnitte gewaltsam verändern wollten.
Sich als einen Teil des ewigen Fließens zu be-

greifen und nicht als sein Hindernis, das wäre die Weltformel einer neuen, einer anderen Kultur, die es vielleicht einmal in zehntausend Jahren geben wird. Noch aber sind wir eingepfercht in unsere Barrieren, die wir links und rechts von der Freiheit aufstellen, um sie in eine Richtung zu zwingen. Eine dieser Barrieren ist die Ehe in der Form, wie wir westlichen Menschen sie immer noch praktizieren. Das Hauptproblem, das wir bei diesem Thema haben, ist, das wir die Dinge durcheinander bringen. Das tun wir zwar ununterbrochen auf allen Gebieten, doch bei diesem Thema, an das wir so viel Glückserwartung knüpfen, trifft es uns natürlich doppelt hart, wenn uns das Leben darüber belehrt, daß man erst einmal die Dinge auseinanderhalten muß und klären, was was ist, bevor man an Glück auch nur denken darf.
Was wir ununterbrochen durcheinanderbringen, ist die Aufgabe einer Ehe. Besser gesagt: Die Aufgaben einer Ehe bringen wir durcheinander mit dem romantischen Glücksanspruch an diese Form der Paarbindung. Seit Tausenden von Jahren hatte die Ehe die Aufgabe, zwei Menschen eine Firmengründung im gesellschaftlichen Bereich zu ermöglichen.

Das oberste Ziel war die Schaffung einer materiellen Sicherheit für alle Beteiligten, die zur Aufgabe hatte, das kontinuierliche Aufziehen von Kindern zu erlauben. Um der sprunghaften, emotionalen Natur des Menschen Barrieren zu schaffen, verpflichteten sich zwei Menschen, einen Damm gegen ihre eigene Lebendigkeit zu errichten mit dem Ziel, das gestörte Aufwachsen ihrer Brut durch das Weglaufen eines der beiden Ernährer zu verhindern. Wie gerne der Mensch aus diesen Barrieren ausbricht, zeigen die wüsten Tötungsvorschläge, die die verschiedenen Zivilisationen für Ehebrecher bereithielten.
So weit, so gut. Man könnte natürlich sagen, daß somit seit Jahren alles falsch gelaufen ist und wir heute noch immer mit dem Echo zu kämpfen haben. Was würde denn dagegen sprechen, den Menschen in einem größeren Verband, als es die Kleinfamilie ist, ihre Freiheit nicht zu nehmen und die Kinder eben von mehreren Ernährern großziehen zu lassen? Alle Beteiligten könnten somit vielleicht in dem wunderbaren Gefühl leben, am Leben zu sein und nicht lebendig begraben aufs Lebenslänglichste. Das wiederum könnte sich vielleicht glücklich auf die Kinder auswirken, die

immerzu von entspannten Erwachsenen umgeben wären ... Bin ich ein hoffnungsloser Utopist und Sozialromantiker?
Was ist denn mit dem individuellen Macht- und Besitzanspruch? Wo gibt es denn dann eine Abgrenzung, wo bitte beginnt denn dann die Intim- und Privatsphäre, und wie bitte soll sich das Gefühl für Mein und Dein herausbilden bei einem solchen Sozialkuddelmuddel? Gut, es gab angeblich einige Indianerstämme, bei denen diese Art des Miteinanderlebens angeblich funktioniert hat. Aber haben sie sich durchgesetzt?! Na also – letzten Endes siegt in der Auswahl der Natur immer das stärkere Prinzip. So ist es, und so wird es immer bleiben.
Also gut – die Anfänge des Ehesystems, wie wir es fast weltweit kennen, liegen also in Brutaufzucht im Einklang mit sozialer und sexueller Exklusivität. Es ist ja logisch für einen Mann, daß er seine Frau völlig abgeschirmt in seinem Haus halten will – während sie vielleicht gerade das Kind von einem anderen zur Welt bringt. Die Natur findet nämlich immer ihr Schlupfloch, und neueste Studien haben ergeben, daß jedes vierte Kind nicht vom leiblichen Vater ist. So weit, so gut.

Dafür sind es die restlichen drei Kinder, höre ich einen empörten Zwischenruf. Gut – von mir aus.
Viele hundert Jahre lang hat sich also dieses System der sexuellen Einengung und der abgesicherten Brutpflege in einem lebenslang andauernden Zustand bewährt. Was man dabei nur vergißt, ist, daß das Leben früher nur halb so lang gedauert hat wie heute, und in den aktiv gelebten zwölf bis fünfzehn Ehejahren tatsächlich jedes Jahr ein Kind gekommen ist. Mit anderen Worten, die Leute hatten gar keine Zeit und Kraft über eine größere Form von Freiheit nachzudenken, weil in der Winterperiode gerade wieder mal drei Babys gestorben waren.
Na gut – aber darum hat unsere Gesellschaft ja auch die Zentralheizung erfunden, und die langen Jahre der Rente verbringen wir in einem Appartement im Süden. Was aber bis dahin? Wie gehen wir mit einer theoretisch möglichen Ehezeit von fünfzig Jahren um bei nur zwei Kindern, und das in einer Drei-Zimmer-Wohnung am Stadtrand von Wuppertal? Nicht zu vergessen den Glücksanspruch.
Das ist nämlich der nächste Punkt: Der Glücksanspruch. Wenn wir davon vorhin gesprochen

haben, müssen wir uns diesem Unglücksbringer nämlich jetzt nähern. Dem Glücksanspruch. Unter dem Aspekt der lebenslangen Fron war die Ehe immer das, was sie war. Eine Aufzuchtanstalt mit Fluchtverhinderung. Niemals hatte jemand daran Glückserwartungen geknüpft. Erst vor ein paar Jahren – gut –, sagen wir Jahrzehnten, kam das Bild in Mode, mit der Ehe Glückserwartung zu verbinden. Hesse hat so schön gesagt: »Jedes Glück will Ewigkeit, will tiefe, tiefe Ewigkeit.« Recht hat er – und es zu wollen ist durchaus legitim. Er hat jedoch nicht geschrieben: »Jedes Glück erhält Ewigkeit.« Nur bei der Ehe erwartet man das fast automatisch.

Das heißt: Wir haben eine Bindungsart vorliegen, die von ihrer Struktur her ein Leben lang dauern soll. Mit dieser Struktur verbinden wir eine Glückserwartung. Die logische Konsequenz ist das Erwarten oder zumindest Erhoffen von lebenslangem Glück. Welch ein Irrtum. All das Entsetzen und Grauen, all die am Wochenende und zu Ostern mit schweren Äxten gespaltenen Schädel wären vermeidbar, wenn man die Dinge nur auseinanderhalten könnte. Die Form der Ehe ist ein gesellschaftlicher Vertrag. Darum hat auch der Staat das

Recht, in die Trennungsvorgänge einzugreifen, weil es sich im juristischen Sinne ja um eine Firmengründung handelt. Und dieser Institution will man gleichzeitig seine Glücksmöglichkeiten anvertrauen.

Ja sicher, man könnte sagen – und ich neige zur Gutmütigkeit –, die Basis zwischen zwei Menschen kann sein, sich zu versprechen, es miteinander immer wieder zu versuchen, auch wenn es nach guten Zeiten auch mal schlechte Zeiten geben sollte. Aber die Formulierung – darauf bestehe ich – muß dann »kann« und »versuchen« beinhalten. Wenn es mit der liebenswerten Absicht, es sein Leben lang zu schaffen, nicht klappen sollte, dann muß man den Menschen doch den Weg ebnen in eine neue Freiheit. Die Wahrheit ist, daß sich der Staat dann grimmig grinsend dazwischen wirft und sein Vokabular aus der Finanzwelt des Mittelalters abspult, anstatt helfend einzugreifen und den Menschen den Weg in eine neue, spirituelle Zukunft zu zeigen. Die Hoffnung für uns immer desillusioniertere Westmenschen ist es allerdings, als Ergebnis unseres Strebens nach materiellem Reichtum die Möglichkeit zu haben, uns in einem größer werdenden Maße wieder zu scheiden, wenn wir

nach einiger Zeit draufkommen, was immer schon klar war – die Ehe ist keine Garantie für Glück.
Die Ost- und Südmenschen sind da noch weit zurück. Der Südmann wirft seinem weiblichen Besitz einen Tschador über, schafft sie weg ins Haus und hat seine tödliche Ruhe. Wie soll man mit diesem Teil der Menschheit überhaupt in ein Gespräch über Erdbeertörtchen kommen, wenn die Bewohner dieser entfernten Regionen es zulassen, daß kleine Mädchen beschnitten werden, um erst gar nicht das Gefühl der Lust kennenzulernen, das sie aus dem Haus treiben könnte, und – wenn sie es trotzdem wagen, am Leben zu sein – den Moment des außerehelichen Glükkes mit Steinigungen beantworten? Leben sie wirklich im zwanzigsten Jahrhundert auf dem Planeten Erde?
Ich neige ja in letzter Zeit immer öfter dazu, unseren Trabanten als einen Fegefeuerplaneten zu bezeichnen. Zu hübsch, um ganz die Hölle zu sein, und zu grauenhaft, um sich gedankenlos in die Sonne zu legen. Natürlich ist es einfacher, die Ansätze von Lebendigkeit in einem Steinhagel zu begraben, als sich mit dem chaotischen Prinzip der Menschennatur auseinan-

derzusetzen. So gesehen schließt sich der Kreis zu unserem netten Witz der ersten Stunde: »Es hat sich bewährt ...« Je länger wir allerdings über die Möglichkeiten der seelischen Entfaltung auf der Erde sprechen, um so mehr ähnelt der Ort des Geschehens einem immensen Kriegsschauplatz – finden Sie nicht? Entweder wird der Impuls zu Licht und Freiheit sofort körperlich erstickt und getötet, oder aber in zivilisierteren Gegenden wie bei uns, mit gesetzlichen Mechanismen und Behinderungen geknebelt und gefoltert.

Was also haben wir überhaupt für eine Chance? Das ist doch die Frage, nach all den Hinweisen, die uns das Leben offen und versteckt präsentiert. Warum nehmen wir nicht endlich die Hände von den Augen und schauen uns die Natur des Menschen an, wie sie ist? Chaotisch – immer in Bewegung und Veränderung begriffen, niemals vorhersehbar und berechenbar. Wenn wir das endlich einmal zur Grundlage unserer Suche machen könnten, wären wir schon zehn Meter weiter ...

Hm ... Vielleicht wollen wir ja gar nicht zehn Meter weiter kommen. Vielleicht gefallen wir uns als Mensch ja darin zu scheitern. Ist das ein Aspekt, der in der Geschichte zu wenig

Beachtung findet? Die Lust am Scheitern, am Untergang der eigenen Möglichkeiten. Vielleicht wäre es uns Menschen eine große Last, endlich frei zu sein ... Endlich frei zu sein von uns selbst und unserer Herkunft. Die Angst vor der Freiheit ist eine vielleicht unterschätzte Größe ... Wer weiß ... Falls Sie sich jetzt fragen, woher dieser Anflug von Melancholie kommt, dann erzähle ich Ihnen noch ein wenig von meiner persönlichen Prüfung in meiner persönlichen Ehe.

Prüfung – was für ein Wort. Darum prüfe, wer sich ewig bindet, fällt mir dazu ein. Nur wie soll ich denn etwas auf eine ewige Bindung hin prüfen, wenn sich das Objekt der Prüfung durch die ewige Bindung zu etwas völlig anderem verwandeln kann? Lassen Sie mich wieder konkret werden.

Der Abend unserer Hochzeit war wie ein Märchen. Die Wiese um das Haus, in dem wir lebten, war überfüllt mit Menschen, die uns liebten und die wir liebten, und all diese Menschen hatten nur einen Wunsch: daß Maria und ich es schaffen sollten. So viele Ehepaare waren unter den Gästen, deren Geschichten ich kannte. So viele Ehefrauen liefen über das Gras, die von ihrem Mann seit Jahren mit seiner Sekretärin betrogen wurden. So viele Ehemänner schritten im dunklen Anzug lächelnd über die Wiese und ahnten nur dumpf, daß ihre Ehefrauen keinen Sekretär brauchten, um dasselbe zu tun. So viele Menschen wanderten herum mit heiteren Gesichtern, die ich schon einmal mit schreienden Tobsuchtsanfällen erlebt hatte, als sie einen Restauranttisch durch das Fenster warfen. So viele hübsche, entspannte, gut geschminkte Gesichter lächelten uns in dieser Nacht an – und einige von ihnen hatte ich schon mit blauen Ringen unter den Augen gesehen, weil die dummen Seifen in der Badewanne sie zum Ausrutschen ermuntert hatten ... Aber alle – alle – alle, wie sie da waren, hatten an diesem Abend innerlich und äußerlich ihr schönstes Gewand angelegt und hofften und wünschten, daß Maria und ich es schaffen sollten. Rührend nicht?

Nein, im Ernst: Es bewegte und rührte mich im Innersten, diese Wellen der Aufmunterung zu erleben, wenn man mir auf die Schulter schlug und dabei lächelnd meinte: »So, mein Lieber – das ist das Ende der Freiheit – hahaha ...« Ich lachte entspannt zurück und nippte an meinem Champagner. Ich betone deshalb, daß ich nur nippte, weil ich fest beschlossen

hatte, Maria in der Hochzeitsnacht ein würdiges und zärtliches und hoffentlich leidenschaftliches Anschauungsmaterial eines frischgebackenen Ehemannes zu schenken ... Ja ...
Apropos – warum steht der Ostfriese in seiner Hochzeitsnacht am Fenster und schaut hinaus in die Sterne? Es soll die schönste Nacht im Leben werden. Hahahaaa! Gut – nicht?
Das war nur einer von vielen, vielen guten Witzen, die ich im Rahmen unseres Festes gehört habe. Es war wirklich amüsant, und ich bedauerte, nicht schon früher geheiratet zu haben. Endlich hatten wir eine komplette Kücheneinrichtung samt zweifarbigem Multimixerset und eine Höhensonnenbank für den Keller.
Ja ... Ja, das kam auch für mich überraschend; genauso wie es Maria überraschte, als ihr Vater ihr am Höhepunkt seiner launigen Hochzeitsansprache das Haus ihrer Kindheit schenkte, damit unsere Liebe »ein Dach über dem Kopf« hätte.
Ich war sprachlos. Ich muß es zugeben, das hatte eine Dimension, die einen sprachlos macht, und dementsprechend jubelten und applaudierten auch alle, als der Vater nicht nur dieses Geschenk bekanntgab, sondern auch

noch seinen Rückzug aus der Firma erklärte und Maria als den neuen Boß installierte. Nein. Wie sagt man – einsetzte. Nein, das ist auch das falsche Wort ... Also, er überließ ihr seinen Stuhl in der Firma – so war seine Formulierung. Ich war sprachlos.
Von einer Sekunde auf die andere war das freie, junge Mädchen, das ich geheiratet hatte, zur Hausbesitzerin geworden und zum Boß einer Firma, die mit ihren zwanzig Angestellten Gelder in mehrfacher Millionenhöhe um den Globus bewegt. Das war schon beeindruckend, nicht wahr? Ich hob am Ende der Rede ihres Vaters mein Glas und sagte: »Danke ... Danke ... Das ist wirklich ... Danke ...« Was sollte ich mehr sagen? Der Abend ging zu Ende, die letzten Fackeln im Garten verloschten, und dann sanken wir in eine kurze Hochzeitsnacht.
Wieso war die Hochzeitsnacht kurz, werden Sie sich fragen, und ich werde Ihnen antworten: Sie war deswegen kurz, weil Maria am nächsten Morgen sofort dringende Geschäfte in ihrer Firma koordinieren mußte, und wir deshalb beschlossen hatten, unsere Hochzeitsreise um ungefähr ein Jahr zu verschieben ... Oder so ... Oder eben auf den Zeitpunkt, wenn

sie ein wenig mehr Zeit haben würde in der Firma und angesichts der vielen Verpflichtungen, die plötzlich auf sie einstürzten, seit sie der Boß war.
Aha, werden Sie sagen, das ist eben das Rätsel gewesen, um nicht zu sagen das Problem, daß seine Frau mit einem Mal der Boß gewesen ist. Ja, jetzt wird das Ganze etwas klarer ... Natürlich, ich verstehe – das hat er nicht verkraftet, daß sie der Boß war, von einem Augenblick auf den anderen! Aha! Ah so!!! Na ja, dann ist ja alles klar!
Schwachsinn, antworte ich ruhig, aber bestimmt. Schwachsinn, ich habe überhaupt kein Problem damit, daß sie der Boß war. Ich bin nämlich ein junger Mann der westlichen Hemisphäre, der mit den überkommenen Rollenbildern in seiner Gefühlswelt schon längst aufgeräumt hat, und meine Frau hätte der »Boß« sein können bis in alle Ewigkeit, wenn diese Ewigkeit uns gehört hätte. Das ist eine dumme Sache mit den Rollenbildern. Es steckt nämlich immer etwas dahinter ... Das Bild ist ja nicht nur das Bild, sondern nur die erkennbare Spitze eines Eisberges an Lebensrealität. Ein General steht nett und gebügelt auf einer beflaggten Tribüne neben seinem Präsidenten.

Seine Sterne blitzen, und die Hand liegt straff salutierend an der Schirmkappe seiner Generalsmütze. Das ist das Rollenbild eines Generals, an Hand dessen man den General als General erkennt. Die Lebensrealität aber, die er als General zu erfüllen hat, bedeutet, daß er manchmal vielen verzweifelten Müttern ihre Söhne in langen, hellen Blechkisten nach Hause schicken muß, wenn sie es am wenigsten erwarten.
Dieser grausame Vergleich soll uns nur darauf aufmerksam machen, daß das Bild, das wir nach außen projizieren, eine Sache ist – die dahinter steckende Realität oft jedoch ganz anders parfümiert ist. Auch meine junge Ehefrau lebte vom ersten Tag unserer Ehe an in einer sehr belastenden Doppelwelt. Sie war wunderschön ... Ich glaube, ich habe Ihnen davon schon an früherer Stelle vorgeschwärmt. Sie war wunderschön und charmant und somit einer der charismatischsten, beliebtesten Bosse, die es in der Wirtschaft in unseren Tagen geben konnte.
Ihr Lächeln saß so perfekt wie ihre Frisur und ihre schmalen, unauffällig sündteuren, perfekt lässig geschnittenen Kostüme. Ihre Sprache, ihre Stimme, ihre Mimik – ihre ganze Körper-

lichkeit –, alles das signalisierte Lust am Erfolg und an der Macht und die Fähigkeit, Macht auszuüben, um Erfolg zu haben. Alles toll – wirklich! Ich hätte kein Problem damit gehabt, so eine tolle, heutige, westliche Frau zu haben, wenn ich sie gehabt hätte.

Ich hatte nämlich ab dem Zeitpunkt, in dem sie meine Frau geworden war, keine Frau mehr. So einfach läßt sich unsere Problematik – so einfach läßt sich unser Rätsel auf den Punkt bringen. Ich lebte mein Leben, das sich in seinen äußeren Formen nicht verändert hatte, weiter. Ich ging in meinen Antiquitätenladen, ich forschte nach alten Schriften und Kleinodien, ich lüftete am Morgen die Betten und ging am Nachmittag einkaufen, ich bereitete das eine und das andere verdammt gute Abendessen zu, und ich saß jeden Abend allein an unserem Tisch, den ich liebevoll gedeckt hatte, und wartete. Ich beobachtete die Kerzen, die ich in die Tischdekoration gestellt hatte, beim Abbrennen und wartete, ob ihr beruflicher Termin, wegen dem sie unser gemeinsames Essen verschieben mußte, nur bis dreiundzwanzig Uhr dauern würde oder wie üblich bis weit nach Mitternacht. Das war das Rätsel, von dem ich Ihnen versuche zu berichten. Das Rollenbild eines Bosses, mit dem ich verheiratet war, hatte die Konsequenz, daß unsere Gemeinsamkeit in einer langen, hellen Blechkiste des trüben Alltages eingeschlossen wurde und langsam zugrunde ging …

An einem dieser Abende hatte ich plötzlich genug. – Ich weiß es noch wie gestern: Ich saß da und starrte auf den Loup de Mer, den ich im bretonischen Salzmantel zubereitet hatte – und hatte genug. Vor einer Minute hatte unser Telefon geläutet, und Maria hatte mir mitgeteilt, daß sie nicht zum Abendessen kommen könnte. Das war das achtundzwanzigste Mal in diesem Monat, und es war Februar. Wenn es Mai gewesen wäre, hätte ich ihr noch drei Tage Schonfrist gegeben. So aber sagte eine Stimme in mir: »Christian, du hast jetzt einen ganzen Monat lang nicht an einem einzigen Abend deine Frau gesehen. Tu was!!!«

Ich tat was.

Ich riß mir die Kochschürze herunter und ging in ihr Büro, in dem sie an diesem Abend eine Party gab, um einen wichtigen Kunden zu beeindrucken. Es war die Hölle – überall standen perfekte Menschen, perfekt an ein Champagnerglas geschweißt, lockere, informelle Gesprächsgruppen bildend, beisammen, und ich störte. Ich fühlte, wie mich – gelinde gesagt – erstaunte Blicke trafen, als ich in meiner normalen Menschenkleidung in dieses Büro trat. Man sah mir an, daß ich voller Emotionen war, und das paßt nicht in die Geschäftswelt. Leider erreichte ich das Gegenteil von meiner Absicht.

Ich war in dieses verdammte Büro gegangen, um meine Frau irgendwie zurück in mein Leben zu holen – doch mein Auftritt trieb sie nur weiter weg von mir als je zuvor. Ich befürchte, ich habe sie, wie man so sagt, in eine unangenehme Situation gebracht, weil ich ihre Kreise der wohltemperierten Klänge mit meiner lauten Stimme störte, als ich bemerkte, wie schön es wäre, wenn ich sie wieder einmal zu Hause zum Essen sehen könnte.

Das macht man einfach nicht. Man läßt sich nicht einfach so in seinen Gefühlen gehen. Man kühlt erst ab und teilt dem anderen dann die eigene Befindlichkeit mit – so macht man das! Ich kann es nicht ... Ich bin ein armer, schwacher Mensch, der seinen Emotionen ausgeliefert ist, und im tiefsten Inneren bin ich froh, daß ich überhaupt noch Gefühle habe, die nicht wohltemperiert sind.

Wie auch immer – an diesem Abend ist auch

noch das Ungeheuerliche geschehen, daß ich von der schärfsten Rivalin Marias, einer Frau namens Ricarda, auf »Teufel komm raus« angeflirtet wurde.
Das ist offenbar einer der seltsamen Stammesbräuche in der modernen Geschäftswelt: Man lädt zur eigenen Party auch die größten Konkurrenten ein. Wahrscheinlich tut man das, um zu signalisieren, wie souverän und angstfrei man ist. Wie auch immer. Der Feind kann nur dann in die Burg eindringen, wenn es eine Lücke in der Mauer gibt. Das ist eine alte Wahrheit, und eine zweite Wahrheit ist, daß fast jede Burgmauer irgendwo einen lockeren Ziegel hat. Der langen Rede kurzer Sinn: Ricarda, die »Königin der Finsternis«, wie sie von ihren Geschäftsfreunden genannt wurde, erspähte mit ihrem Radarschirm die Lücke in der Burgmauer, die die Ehe von Maria und mir beschützen sollte, und stieß auf den Quadratmeter, an dem es vor lockeren Ziegeln nur so wimmelte.
Ja ... verdammt – ja ... Ich gebe es zu, ich bin schwach geworden. Herrgott noch mal, es hat natürlich überhaupt keinen Sinn, irgend etwas zu leugnen, und um es auf den Punkt meiner Geständnisfreude zu bringen: Ja, ich hatte eine

unziemliche Affäre mit Ricarda. Ja, ich hatte einen Nachmittag nicht wirklich befriedigenden Sex in einem Hotelzimmer mit ihr.
Ja – ja – ja und noch einmal ja! Ich beobachtete mich selbst dabei, wie ich mit einer Mischung aus Desinteresse und Enttäuschung und Wut über das Mißlingen unserer Ehe nachgegeben hatte. Am Abend dieser Party fing Ricarda also an, mich mit einer Heftigkeit anzuflirten, die ich so noch nicht erlebt hatte. Ich sah aus einem Augenwinkel, wie meine Frau gurrend lachte und ihren Arm nicht von dem Arm des wichtigen Kunden löste, um den es bei dieser informellen Party ging. Ich sah, daß sie mich nicht sah, obwohl ich versuchte, nach meinem ersten, zu heftigen Auftritt wieder Ruhe in die Lage zu bringen, und ich sah, daß Ricarda den Zwist bemerkte …
Zwist. Was für ein Wort … Es liegt ganz in der Nähe des Wortes Zwiespalt, und in den Zwiespalt zwischen mir und Maria schob sich Ricarda hinein. Natürlich könnte man jetzt sagen, warum haben Sie das denn zugelassen, Herr Christian Reiter? Haben Sie geschlafen, als es in der Schule um das Trojanische Pferd ging?
Nein, habe ich nicht. Aber in aller Ehrlichkeit:

Ich habe in diesen Augenblicken den schwarzen Kick genossen. Ja, ich habe es genossen, trotzig zu sein und mutwillig das Scheitern meiner Ehe zu riskieren.
Wie soll jemals Heilung eintreten, wenn man nicht den Mut aufbringt, seinen eigenen Abgründen ins Gesicht zu schauen? Ich will mich nicht schöner machen, als ich bin. Ja – ich wollte Maria einen Denkzettel überreichen, indem ich mit ihrer Rivalin flirtete ... Ja, ich habe es wie einen leichten Sonnenbrand genossen zu sehen, wie mich dieses schöne Weib, das Ricarda war, angeflirtet hat. Ja, ich habe natürlich gesehen, daß sie nicht mich gemeint hat dabei, sondern eine Chance witterte, meine Maria damit zu destabilisieren, indem sie ihr den Mann wegnahm. Ja, ich habe all diese Vernetzungen von Machtspielen von oben beobachtet wie aus einer Adlerperspektive.
Ja, und ich habe mitgespielt. Ja, es ist eine Wahrheit des Menschen, daß auch der zynische Umgang mit der Sexualität eine Anziehung hat. Wer das leugnet, hat nichts begriffen, und die Frage ist nur: Wie gehen wir damit um? Wie treten wir der Versuchung gegenüber? Wieviel Macht geben wir diesen

Anteilen in unseren Seelen über uns. Sie zu leugnen und zu verdrängen macht sie ja nur stärker, wie wir wissen. Was also ist zu tun? Die beste Art, einer Versuchung zu begegnen, ist – ihr zu erliegen. Irgendein kluger Franzose hat diesen Satz einmal formuliert. Vermutlich um sich selbst die Absolution zu erteilen für irgendeinen Tatbestand, dessen Details ich gar nicht wissen will. Wie sollte ich jedoch mit der Tatsache umgehen, meine Frau betrogen zu haben? Meine Frau, die ich doch niemals betrügen wollte?

Nein, ich bin nicht so dumm, jetzt zu sagen, sie hätte mich mit ihrer Nichtanwesenheit in unserer Ehe dazu getrieben. So feige bin ich nicht. Ich sage auch nicht, daß ich nur Gleiches mit Gleichem vergelten wollte. Ich habe nämlich auch beobachtet bei jener finsteren Party, mit welchen Blicken Marias persönlicher Sekretär, neben ihr stehend, ihre Beine musterte, und mit welchen Blicken sie seine Blicke erwiderte. Ich wollte es nicht wissen, ob sie vielleicht schon vor mir ... Und deswegen mußte ich mit Ricarda ... Nein, nein – auf diese Ausreden und Erklärungen wollte ich mich nicht einlassen. Ich wollte endlich versuchen, etwas zu akzeptieren. Plötzlich und scheinbar über Nacht kann eine Beziehung zwischen zwei Menschen eine erdrutschartige Veränderung erfahren, die von keinem der Beteiligten vorherzusehen war. Plötzlich und über Nacht steht man neben dem Menschen, mit dem man noch gestern ein Herz und eine Seele gebildet hat, und hört sein ganz anderes Herz wie einen ganz anderen Rhythmus schlagen als das eigene.

Warum ist das so? Was sollen wir daraus lernen? Ja, Sie haben recht. Eine Frage muß zuerst geklärt werden, bevor man zu diesen Fragen schreitet. Warum habe ich überhaupt geheiratet? Jetzt erst diese Frage, sagen Sie lächelnd, und ich kann Ihre Ironie nachvollziehen.

Ich stelle mich Ihnen die längste Zeit über als einen Menschen dar, der sich in der Suche nach Erkenntnis übt und in Draufsicht. Die Draufsicht auf die Beweggründe unserer Gefühle ist das einzige wirklich erforschenswerte Gebiet, betone ich immer wieder. Und ausgerechnet ich, der ich glaube, die historisch-sozialen Wurzeln der Ehe entlarvt zu haben, und ich, der ich glaube zu wissen, daß die Ehe kein Glücksgarant ist, wenn nicht sogar das Gegenteil … Ausgerechnet ich habe überhaupt gehei-

ratet. Und ausgerechnet Maria: eine Frau, die ich wirklich liebe. Wie konnte ich ihr und mir das antun? Wie irrational bin ich denn, ich offenbar nur scheinbar aufgeklärter Skeptiker?
Es soll keine Entschuldigung sein, aber ich möchte als Erklärung eine kurze Geschichte über Voltaire an dieser Stelle einflechten: Voltaire hat als kritischer Geist sein Leben und sein Werk in den Dienst der Aufklärung gestellt. Sein Erzfeind war die katholische Kirche. Zu Recht hat er als einer der ersten Geister des Westens erkannt, welch grauenhafte Mißbildungen der Seele und des Geistes von dieser Institution ausgehen, deren Vertreter als Gewandfarbe das Schwarz gewählt haben. So vehement wie kein zweiter in seiner Periode bekämpfte er die Teufelssaat, die von den Priestern in das Volk gestreut wurde, und kämpfte und kämpfte sein Leben lang gegen die Gotteslästerung, die die Kirche tagtäglich vollzieht. So weit, so bekannt ... Und dann kommt der Tag, an dem sich dieser großartige Geist von unserem Planeten verabschieden muß.
Voltaire liegt in einem weißen Leinenhemd in seinem Bett, er fühlt, daß der Zeitpunkt seines letzten Atemzuges näher schreitet, und was tut er in diesen letzten Augenblicken? Er läßt

einen Priester an sein Bett rufen, um die Beichte abzulegen und die Sakramente zu empfangen. Ausgerechnet er, der ein Leben lang für die Wahrheit und die Freiheit gestritten hat, holt seinen Todfeind. Den Todfeind von Menschenwürde und Heiterkeit, den Todfeind von Lebendigkeit und Menschenliebe – er holt den Todfeind Gottes an sein Sterbebett. Warum tut Voltaire das?
Ganz einfach – ganz schrecklich einfach. Er ist als kleiner Bub auf dieses Bild geprägt worden. Er hat als kleines Menschenwesen diese Männer in schwarzen Gewändern beobachtet, wie sie eine Bedeutung innehatten im Leben der Erwachsenen rund um ihn, eine Bedeutung wie sonst niemand. In diese Phase der Festlegung, was wir ein Leben lang als Gefühlsmaßstab erleben, in diese Phase hinein sind die Bilder dieser schwarzen Männer getreten. Ein Erwachsenenleben lang hat er mit seinem wachen Geist an der Lüge dieser Bilder gerüttelt, aber im Moment der Todesangst hat es sich in ihm daran erinnert, daß diese schwarzen Männer angeblich für Trost zuständig sind.
So ist das – und weil das so ist, ist es so schwer für das Menschengeschlecht sich zu entwik-

keln. Es ist so schwer, sich zu entwickeln, weil unsere Gefühle stärker sind als unsere Erkenntnis und unsere Einsicht. Und weil unsere Art, wie wir etwas fühlen sollen, in der frühesten Kindheit festgelegt wird, taumeln wir immer wieder in diesen Bereich zurück. Darum glaubt ein Südmann zutiefst, daß es richtig ist, kleine Mädchen zu beschneiden, weil sein Vater ihm das als kleinem Buben eingeimpft hat und dem wiederum sein Vater und dem sein Vater und dem sein Vater und dem sein Vater und dem sein Vater und dem sein Vater und dem ... – selbst nach den weitesten Studienreisen bis nach Cambridge, wo der privilegierte, kleine Südmann die westlichen Sitten und Mädchen kennenlernt. Selbst nach den befreiendsten Picknick-Touren mit unverschleierten Kommilitoninnen wird er, wenn es ernst wird, eine verstümmelte Frau haben wollen. Er will es, weil er nichts anderes fühlen kann, weil seine Gefühlswelt auf ewig zerstört worden ist.

Ja, natürlich kann man sagen, daß der Geist und die Erkenntnis, was Menschenwürde bedeutet, ein Führer sein sollte, um diese Fehlprägungen zu überwinden. Ich lächle traurig, wenn ich diesen Satz höre, weil er so wunderbar richtig ist, aus der Adlerperspektive betrachtet. Und so abgrundtief falsch, wenn man die menschliche Realität akzeptiert. Diese Realität heißt ganz schlicht und einfach: Wir sind alle Opfer unserer seelischen Erstprägungen und werden Tausende von Jahren brauchen, um die Erkenntnisse unseres zum Licht drängenden Geistes in unser Fleisch eindringen zu lassen.

Tausende von Jahren wird es brauchen, bis wir es tatsächlich mit Fleisch und Blut genießen können, einen Menschen dabei zu beobachten, der seine Freiheit lebt. Tausende von Jahren wird es brauchen, bis es uns ein Herzensanliegen ist, dem Nächsten alle Steine aus seinem Lebensfluß zu räumen, damit er – auch ohne uns – so hoch wie möglich zu fliegen vermag. Noch haben wir alle eine todtiefe Urangst in unseren Seelen ... Und diese Urangst heißt: Angst vor dem Verlassenwerden. Angst vor dem Verlassenwerden, das ist der heimliche, urtümliche Beweggrund für fast alles, was der Mensch dem Menschen auf der Beziehungsebene antut. Beschneiden, abschneiden, wegschneiden, Tschador drüberwerfen, markieren, tätowieren, mit der Axt erschlagen, heiraten ... All das tun wir Menschen nur aus der Angst

heraus, verlassen zu werden. Nur diese Angst ist es, die uns immer größere Brocken in den Lebensbach des Nächsten werfen läßt, den wir doch angeblich so sehr lieben.
Lieben wir ihn wirklich so sehr, daß wir es auch ertragen würden, wenn unser Nächster auch ohne uns fliegen könnte? Ich gebe zu, daß ich nicht weiß, ob ich selbst schon so weit bin, obwohl ich dieses Ideal manchmal in lauen Sommernächten verspüre, wenn die Terrassentüre offen steht und der Vollmond aufzieht, wenn die Zikaden zirpen und die Luft warm ist und mild, wenn ein Zustand innerer Beschütztheit und Gelassenheit da ist, dann kann ich den geliebten Menschen auch allein fliegen lassen. Aber wie oft hat es in unseren Breiten schon achtundzwanzig Grad um Mitternacht? Ja – es ist eine Ausrede, was soll's. Mehr als meine Fehlerhaftigkeit zugeben, kann ich nicht.
Das alles habe ich Ihnen kurz darlegen wollen, um Ihnen begreiflich zu machen, warum ich in das scheinbar sichere Nest der Ehe geflogen bin, trotz meines Wissens um den Realzustand der menschlichen Seele. Ich habe eben auch all die Filme gesehen und Bücher gelesen und Lieder gehört, in denen es als das höchste Er-

lebnis angepriesen wird, wenn neben einem Mann eine Frau in einem wunderschönen Kleid steht und ganz schlicht und einfach »ja« sagt. Das sind meine ersten Bilder gewesen – was soll ich machen? Ich bin kein Kind eines Indianerstammes, ich bin ein Mann des verwirrten Westens. Und ich bin genauso wie wir alle Gefangener im Gefängnis meiner Vorstellungen vom Glück … Tja … Welch ein Ausweg führt aus dieser Not?

Lao-Tse hat gesagt: Der Weg ins Freie führt durch die Tür, warum nimmt niemand diesen Weg? Großartiger Satz, wirklich! Er zeigt uns, wie sehr wir der Einfachheit des Daseins Prügel vor die Füße werfen – andererseits: Ich habe lange nachgedacht über diesen Satz, um auf ihn eine Antwort zu finden. Sie lautet so: Selbst wenn man weiß, daß man nur durch die Türe zu gehen braucht – lebt man eben manchmal in einem riesigen, riesigen, fensterlosen, stockdunklen Raum mit der geistigen Grundfläche von tausend mal tausend Seelenkilometern, und das Schicksal hat uns genau in der Mitte dieses Raumes abgesetzt und nicht gesagt, auf welcher Seite des Riesenraumes voller Stockdunkelheit sich die Türe befindet …

Ich werde Lao-Tse einmal bei Gelegenheit auf dieses Bild aufmerksam machen. Mal sehen, was ihm dann einfällt. Noch dazu, wo es auch Räume gibt, bei denen die Türe in der Decke eingelassen ist und man erst eine Leiter holen muß – aus dem Keller! Sie verstehen, worauf ich hinauswill?

Nun gut – mein privates Lebensrätsel habe ich versucht, so zu lösen, daß ich hingegangen bin und meine Frau um die Scheidung gebeten habe.

Ja – ich habe buchstäblich versucht, authentisch zu leben. Ich habe versucht, aus dem Spiegelkabinett meiner Illusionen wieder herauszukommen. Sie hat es abgelehnt. Nicht, daß ich authentisch leben möchte, sondern die Scheidung. Um genau zu sein, sie hat mich nicht einmal wirklich ausreden lassen, weil sie gemerkt hat, wie ernst es mir ist, und statt dessen eine Wienreise gebucht, um unsere Flitterwochen nachzuholen.

Was soll man da sagen? Ich meine – ich war sprachlos, um die Wahrheit zu sagen. Ich hatte es wirklich nicht darauf angelegt, sie zu irgendwelchen großartigen Gefühlsdarbietungen zu erpressen mit meinem Vorschlag, uns scheiden zulassen. Nein, ich wollte wirklich nur sie und mich aus einer Situation entlassen, die einfach nicht mehr stimmte. Das, was wir in unserem Alltag lebten, war einfach nicht mehr das, was wir einmal miteinander leben wollten, und es war auch keine Änderung in Sicht. Also dachte ich, es wäre auch für sie eine Erleichterung, ein Ehegebäude wieder abzureißen, das kein Dach mehr hatte.

Nein, nicht so meine Frau, nicht so meine Maria. Wir setzten uns in die Bahn, um mir und meiner Höhenangst den Blick aus zu kleinen Flugzeugfenstern zu ersparen, und fuhren los. Es gibt ja einen recht interessanten Satz, der da lautet: Die Ehe ist jene Institution, die zwei Menschen, die sich einmal geliebt haben und eine Zeitlang mit einem Mal nicht mehr lieben, so lange zusammenhält, bis sie sich wieder lieben.

Sie merken, der kleine Junge mit seinen Filmen mit Sophia Loren und Marcello Mastroianni im Kopf meldet sich wieder. Ich war noch nicht soweit; ich konnte sämtliche Argumente gegen die Ehe in unserer heutigen gesellschaftlichen Form aufzählen, am Ende saß da der kleine Junge in mir allein auf einem abgewetzten, roten Stuhl in der zwölften Reihe und sah staunend auf die Leinwand, auf die

seine Sehnsucht projiziert wurde, und wollte, daß es ein Happy-End gibt. Was soll man da machen ... Werden wir denn nie erwachsen?
Ich weiß es nicht. Erwachsenwerden tut so weh – manchmal, und dann: Illusionen können so wärmen ... Na egal ...
Wir saßen im Zug nach Wien und tranken Kaffee. Wir hatten das große Glück, in einem der letzten alten Speisewagen zu sitzen, die es in Europa noch gab, und den Kaffee aus schönen, alten elfenbeinfarbenen Tassen serviert zu bekommen. Die Landschaft flog an uns vorbei, und wir redeten über unsere Ehe. Ich war sehr stolz auf uns, daß wir nicht damit begannen, einander Vorwürfe zu machen. Was hätte das auch gebracht? Ein schnelles Entladen der Aggressionen, die sich im Lauf der Enttäuschungen aufgestaut hatten, und was dann? Man kann ja mit einem trotzigen Wort im falschen Moment Weltreiche zum Einsturz bringen, wie schnell dann erst das kleine Häuschen des menschlichen Vertrauens ...
Nein – wir ließen uns Zeit, und während draußen die Dörfer und Wälder vorbeihuschten, erforschten wir noch einmal, wie es zu unserem Desaster hatte kommen können.

Ja ... Ja ... Alles klar: Es waren die Lebensumstände, die mit der Zeit verhindert hatten, daß wir unsere Ehe so leben konnten, wie wir das gerne gehabt hätten – aber: je länger wir miteinander sprachen, um so mehr wurde uns klar, daß es zwei völlig verschiedene Dinge waren, über die wir redeten. Das eine waren die Umstände, in denen wir lebten: ihr Beruf – mein Beruf, ihre Nichtanwesenheit – meine Unterforderung durch mein einsames Kochen für zwei Personen, und letzen Endes esse ich allein ... All diese Dinge hakten wir der Reihe nach ab, und jeder von uns erlaubte sich, seine Gedanken und Wünsche und Beschwerden zu deponieren. Aber je länger wir über all das redeten, was uns zur Zeit ärgerte und trennte, desto mehr kamen wir zu der Einsicht, daß wir nicht über unsere Liebe sprachen.
Liebe. Liebe!
Was hat Liebe denn mit meinem Speiseplan für das Wochenende zu tun? Was hat Liebe denn mit ihrem nächsten Termin in Rom zu tun? Was war das eigentlich, worüber wir redeten? Wir redeten in Wahrheit über unsere nicht-befriedigten, egoistischen Wünsche. Wir redeten darüber, daß wir enttäuscht waren, weil der andere unsere Vorstellungen von der

Freizeitgestaltung nicht erfüllen konnte. Nur was hatte denn das mit Liebe zu tun? Wir redeten über Zeitpläne und Terminabsprachen und darüber, wie wir ganz einfach gerne mehr gehabt hätten – mehr von der Zeit des anderen oder mehr von der Zeit für uns selbst –, was hatte denn das mit Liebe zu tun?

Ich weiß nicht mehr, wer von uns beiden es war, aber plötzlich hatte jemand diesen Satz gesagt: Was hat denn das mit Liebe zu tun?

Mit einem Mal wurde uns bewußt, daß wir über zwei völlig verschiedene Dinge redeten. Das eine war die Welt der äußeren Erscheinungen, das andere war die Essenz des Lebens unserer unsterblichen Seele.

Wie war denn unser allererstes Zusammentreffen gewesen? Wie war es denn für sie gewesen? Als sie sich in ihr blaues Volkswagenkabriolett gebeugt hatte, um etwas vom Rücksitz hervorzuholen? Wie war das denn, als sie damals plötzlich eine Berührung in ihrer Seele wahrgenommen hatte, obwohl niemand neben ihr gestanden war? Wie war das denn, als sie sich suchend umgedreht hatte und zum ersten Mal in meine Augen geblickt hatte? Zum ersten Mal versenkten wir unseren Blick ineinander und hatten dabei doch das Gefühl, uns

schon seit Abermilliarden von Jahrzehntausenden zu kennen.
Das! Das war es doch, was unserem Leben das Eigentliche geschenkt hatte. Das war es doch, worauf unsere Seelen gewartet hatten, seit sie in unsere Körper auf diesem Fegefeuerplaneten inkarniert worden sind. War es nicht nötig, daß wir uns erst einmal bewußt machten, worüber wir eigentlich redeten? War es denn nicht so gewesen, daß wir in den ersten Tagen und Wochen unseres Zusammenseins auf dieser Erde so dankbar waren wie noch niemals?
Wir waren dankbar, daß wir den anderen endlich gefunden hatten, um ein Seelenecho zu erhalten. Dankbar, daß da der andere als Resonanz unserer wortlosen Seele war, die alles verstand, ohne zu fragen. Es hatte doch eine Zeit gegeben in unserem Leben – und das war die Zeit, bevor ich sie zum ersten Mal gesehen hatte –, in der wir einsam waren. Wir waren einsam in der Losgelöstheit von unserer Ergänzung. Sie war meine Ergänzung, und ich war ihre Ergänzung. Und dann, mit dem Eintreten dieser Ergänzung, mit einem Mal war man undankbar?
Wie kann das gehen? Wir hätten doch, bevor

wir uns begegnet sind, alles dafür gegeben, nur eine Minute lang zu wissen, daß wir nicht wirklich allein sind in diesem Universum. Und dann wurde uns dieses Glück geschenkt zu erfahren, daß es eine Ergänzung gibt für unsere Seelen, und dann wurden wir plötzlich undankbar, weil nicht auch noch zusätzlich das äußere Leben alle Wünsche befriedigte?

Je länger die Zugfahrt dauerte, um so klarer wurde uns plötzlich, daß wir in unserem Gespräch deutlich trennen mußten, worüber wir eigentlich reden wollten. Und je länger wir über diese zwei Wege und Zustände redeten – den inneren Weg und den äußeren Weg –, desto klarer wurde uns, daß es die Liebe in unserem Leben gab. Es gab ein Gefühl, das in Wahrheit unabhängig ist von allem. Von allem unabhängig existierte etwas in uns, das wie eine Flamme durch uns hindurch glühte und uns auf seine Existenz aufmerksam machte. Je länger wir uns vortasteten auf dem Erkundungsweg durch den Dschungel unserer »Persönlichkeit«, desto klarer wurde es, daß all das, worüber wir uns entzweit hatten, mit Liebe nicht das Geringste zu tun hatte. Mir war plötzlich so klar wie das Wasser in einem Bergbach, was wir in Wahrheit für ein Ge-

schenk erhalten hatten. Unser Zusammensein war nicht das Ergebnis einer neurotischen Verkettung, es war die wirkliche Liebe, die in uns wortlos und gesichtslos darauf wartete, erkannt zu werden.
Ich betone das mit der neurotischen Verkettung deswegen so deutlich, weil so viele Zusammenhalte zwischen Menschen ausschließlich eine neurotische Verkettung darstellen. Ein einfaches Beispiel soll verdeutlichen, was ich meine: Ein Herr in jungen Jahren braucht es, in knapp sitzenden Lederhosen von einer Frau mit einer siebenschwänzigen Katze ausgepeitscht zu werden, um sich zu fühlen, Glückshormone zu produzieren, eine sexuelle Stimulation zu erleben. Er trifft eine junge Frau, die es braucht, in Lackstiefeln dazustehen und einen jungen Mann in knappsitzenden Lederunterhosen zu verprügeln, um sich zu fühlen, Glückshormone zu produzieren, eine sexuelle Stimulation zu erleben. Diese Konstellation ist selten. Sehr selten sogar. Und wenn es der Zufall will, treffen sich ausgerechnet diese beiden bei einem Konzert der Beach Boys in Santa Monica. Was für ein Glück, werden sich beide denken und sich stimulieren, und vielleicht wird er in manchen ge-

peitschten Augenblicken gurgeln: »Ich liebe dich, ich liebe dich ...«, und sie wird schreien: »Halt's Maul, du Wixer!«, aber heimlich auch denken: »Ich liebe ihn.« Und so werden sie durch ihre Außergewöhnlichkeit aneinandergekettet viele Jahre leben.

Die Frage, die sich erhebt, lautet: Was passiert, wenn ihnen bewußt wird, daß es auch anders geht?

Keine Sorge, ich denke nicht im Traum daran, irgendwelche Kritik an Sado-Maso-Praktiken zu üben. Ich sage nur, daß das nicht von Haus aus das natürliche sexuelle Erleben des Menschen darstellt und eher selten ist. Nur das sage ich; und wenn es Spaß macht – bitte – bitte ... Mach es, solange du willst ... Sei froh, daß es dir überhaupt Spaß macht.

Doch stellen wir uns nur einmal vor, einer von beiden erfährt, daß es auch anders geht. Daraufhin staunt er zwar, beginnt jedoch in der Folge eine Therapie, die ihn zu der Erkenntnis führt, daß er nicht mehr geschlagen werden will. Was dann? Dann lösen sich mit einem Mal die neurotischen Ketten, die ihn an den anderen gefesselt haben, und diese Form der Beziehung ist plötzlich zu Ende, weil die gemeinsam erkannte äußere Form – man kann auch sagen neurotische Verkettung – wegfällt. Und genau dann wird es erst interessant: Haben wir ein Liebespaar vor uns oder nur ein Paar, das überraschenderweise denselben Fetischistenladen in der Fußgängerzone besucht?

Wie auch immer – wir kamen in Wien an, legten unsere Sachen in unserem wunderbaren Innenstadthotel ab und beschlossen, in den Prater zu gehen. Es zog uns ganz einfach magisch an diesen Ort, wo man Zuckerwatte kaufen konnte und auf Blechdosen mit Bällen werfen und das Leben einen Abend lang Pause machen konnte von seiner Ernsthaftigkeit.

Maria war so schön wie schon seit langem nicht mehr. Auf magische Weise war während unserer Reise alles von ihr abgefallen, was sie in den letzten Zeiten bedrückt hatte.

Natürlich hatte auch sie gefühlt, wie sehr wir begonnen hatten, in eine Sackgasse zu rasen. Wir hatten in unseren Vorstellungen zwei Wege verwechselt. Der eine Weg war der Weg unserer heutigen Welt. Der Weg war voll mit Ansprüchen, Hindernissen, voll von Egoismus und Kinderkram. Ich sage bewußt Kinderkram, weil unsere Körper und unsere geliebten Persönlichkeiten, die wir im Lauf eines

Lebens ansammeln, immer nur Kinder bleiben können angesichts der Realität der unsterblichen Seele, die seit Anbeginn aller Zeiten existiert.

Seit Anbeginn aller Zeiten existiert der klare, stille Diamant unseres Innersten, und von Zeit zu Zeit reinkarniert er in einen Menschenkörper, um die Prüfung wieder einmal zu durchlaufen. Diese Prüfung besagt, daß wir durch all das, was uns dieser materielle Planet in den Weg unseres Seelenflusses legt, hindurch müssen, um zur Klarheit zu finden. Das ist die einzige wirkliche Aufgabe des Menschenlebens: zur Klarheit der eigenen Seelenrealität zu finden. Was uns alle auf dieser Erde verbindet, ist, daß wir in Wahrheit klare Diamanten sind und daß wir uns bemühen sollten, die Verschüttung dieses Diamanten zu beseitigen. Was uns voneinander trennt, sind die unterschiedlichen Lebensweisen, die diese Aufgabe ignorieren.

Das habe ich gemeint, als ich begonnen habe, von den West-, den Süd- und Ost- und Nordmenschen zu sprechen. Es gibt Orte auf dieser einsamen, blauen Kugel, die durch das Weltall rast, da werden die Menschen härter geprüft als anderswo. Sie wissen mittlerweile, daß ich damit die Süd- und Ostmenschen meine, deren äußere Formen ihnen noch mehr im Weg zu ihrer seelischen Wahrheit stehen, als es bei uns Westmännern der Fall ist. Vehement klammern sich die Denkvorstellungen dieser Kulturen an der Unterdrückung der Freiheit fest, weil ihre lebensfeindlichen Rituale so eine herrlich falsche Sicherheit anbieten.

Es gibt keine Sicherheit. Das ist die einzige Sache, die man mit Sicherheit sagen kann. Es gibt keine Sicherheit, und je härter und kämpferischer wir das Gegenteil behaupten, um so eruptiver wird die Revolution werden. In den nächsten Jahrzehnten und Jahrhunderten werden wir eine gigantische Welle von gigantischen Revolutionen erleben, die auf gigantische Weise unsere Welt erschüttern werden. Die nächsten hundert bis zweihundert Jahre werden die Süd- und Ostvölker den Kampf mit uns Menschen aus dem Westen suchen, weil sie glauben, ihre Starrheit sei eine Stärke. Sie werden uns beobachten und werden das, was sie als Sittenverfall des Westens bezeichnen, als Schwäche interpretieren und versuchen, uns von der Weltbühne zu stoßen.

Das werden sie tun, weil sie ihre suchenden Energien nicht nach innen, auf ihren Seelenmittelpunkt richten, sondern auf der Flucht vor ihrer Wahrheit expandieren werden. Es ist niemals ein einzelner, es ist immer die Summe von Millionen von falsch gerichteten Seelenenergien, die sich zu einer Feuerwalze der Gewalt vereinigen. Das alles tut der Mensch aus Angst vor der Freiheit seiner Seele. Eine Zeitlang geht dieser Imperialismus auch gut. Oberflächlich betrachtet. Die äußeren Siege werden wirklich errungen. Länder werden erobert, Feinde zerstückelt, die eigenen Männer versklavt, die eigenen Frauen beschnitten. Irgendwann sind alle äußeren Gegner jedoch besiegt, und dann müßte man sich mit sich selbst beschäftigen. Damit das nicht geschieht, werden als nächstes Autobahnen gebaut, um weit weg zu fahren von sich selbst. Und wenn das auch nichts nützt, implodiert das Ganze auf Gewalt aufgebaute Weltbild, und die Zeit des Niederganges setzt ein.

Das ist bei Weltreichen so, und das ist bei den Menschen so. Wir suchenden, scheinbar so orientierungslosen Westmenschen haben vielleicht einen kleinen Vorsprung. Unsere Brüder sind jetzt eben dort angelangt, an diesem Punkt ihrer Entwicklung, an dem man die Lebendigkeit noch steinigt und verbrennt. Jeder

Hochmut unsererseits ist verboten, weil wir dasselbe in unserem Mittelalter getan haben. Das Zerbrechen unseres festen Glaubens an das Falsche gibt uns dafür die größte Chance, die der Mensch jemals hatte. Wir könnten wir selbst werden.

Wir könnten wir selbst werden.

Es wird auch bei uns noch ein paar Jahrhunderte dauern, bis die letzten Reste der teuflischen Glaubensmacher verrottet sind, doch irgendwann einmal wird es so sein, daß der einzige Tempel, den wir betreten wollen, unser eigenes Herz sein wird. Nur dort werden wir der Wahrheit begegnen und die Flügel unserer Seele ausbreiten und zu fliegen beginnen. Die Summe von Einzelirrtümern oder Einzelwahrheiten ist es, die die Kultur einer Menschengruppe in Bewegung bringt.

Wenn wir Unglück haben – und auch das ist möglich – wird uns unsere Angst vor der Freiheit wieder den falschen Göttern zutreiben. Wir werden die Scheinsicherheit, die unsere Brüder des Ostens und Südens ausstrahlen, als Vorbild nehmen für das Recht, in das Mittelalter zurückzufallen. Wir könnten wieder versklaven und Beschneider werden. Oder aber, wir haben Glück – was auch möglich ist – und

werfen auch die letzten Vorstellungen davon ab, wie der Mensch zu funktionieren hat.
Wenn uns das gelingt, sind wir frei.
Wenn es uns gelingt, in die Herzen unserer Kinder die Freude an der Wahrheit des Menschen einzupflanzen, sind wir frei. Wenn es uns gelingt zu erkennen, daß wir es sind, die unsere Welt zu dem machen, was sie ist, und nicht die Mächte falscher Götter, dann sind wir frei. Die Summe aller Menschenbewegungen in einer Menschengruppe ergibt sich aus ihren Einzelmenschen. Wenn der einzelne erkennt, daß die einzige Frage, die in seinem Leben zählt, die Frage nach der Liebe ist, und wenn er beginnt, für sich nur diese Frage zu seinem Gott zu machen, dann sind wir in der Summe gesehen eines Tages alle frei.
Liebe ist Liebe ist Liebe.
Sie fliegt zwischen den Blumen in den Kornfeldern, sie regnet vom Himmel und sie atmet in jedem Wind. – Die tiefste Sehnsucht in jedem Menschen sagt ihm: suche deine Ergänzung! Das ist ein wahrer und tiefer Wunsch. Dieser Wunsch ist es in Wirklichkeit, der uns ein Leben lang antreibt. Bevor wir jedoch das finden, wonach wir suchen – das Glück mit einem anderen Menschen zu er-

leben –, bevor uns das geschenkt wird, müssen wir erst durch Feuer, Wasser, Luft und Erde unseres eigenen Herzens gehen. Erst wenn wir unser Selbst gereinigt haben von allen Bildern und Vorstellungen, erst wenn der Spiegel unseres inneren Sees ruhig und glatt ist, erst wenn der Diamant in uns ohne Verunreinigungen strahlt, erst dann wird es uns erlaubt sein, mit einem anderen, freien Menschen Glück zu erleben.

Ja. So ist das, denke ich, und Sie fragen sich jetzt vielleicht, was diese Gedanken zu meinem Rätsel beigetragen haben. Ich darf es Ihnen kurz erzählen.

Ich ging an jenem Abend mit Maria durch den Prater in Wien und berichtete ihr, zu welchen Einsichten ich durch unser Glück und unsere Krise und unsere Prüfung gefunden hatte. Mir war mit einem Mal ganz klar, daß ich uns die Chance geben mußte, diesen Wahrheiten Leben einzuhauchen. Mir war klar, daß ich nicht mehr der kleine Junge war, der am liebsten den ganzen Tag nicht allein ist und am liebsten nur Sophia Loren sehen möchte und träumen und Vanilleeis essen.

Das hatte eine letztlich ganz einfache Konsequenz. Ich erkannte, daß ich damit begonnen hatte, am Höhepunkt unserer Krise Maria verändern zu wollen. So einfach war es. Ich wollte in Wahrheit ihr äußeres Leben verbiegen, bis es in das Schlüsselloch meiner Vorstellungen vom Glück paßte. Das geht aber nicht. Das darf man nicht – es sei denn, man lebt glücklich als Vergewaltiger.

Auch sie hatte Probleme damit gehabt, daß ich ein anderes Tempo in meinem ruhigen, äußeren Leben gefahren bin. Mit einem Mal war alles ganz einfach. Es gab nur eine Frage: Ist es Liebe oder nicht? Und alles, was ich Ihnen bisher erzählt habe, hatte nur einen Sinn: Alles, alles, alles muß man im Leben durchlaufen, um es hinter sich zu bringen. Bevor wir es nicht durchlaufen haben, können wir nicht in Wahrheit sagen: Ich liebe. Maria und ich hatten erkannt, daß wir einander liebten und daß der Weltgeist, der die äußeren Welten erscheinen läßt, lächelnd darauf wartete, wie wir unser Rätsel lösen würden.

In jener Nacht versprachen wir einander das einzige, was Sinn hat, einander zu versprechen. Wir versprachen einander, den anderen so sein zu lassen, wie er ist. Wir versprachen, einander in Heiterkeit und Neugier zu begleiten. Wir versprachen, einander allein gehen zu

lassen, wenn der andere das brauchen sollte. Und wir versprachen einander der Gemeinsamkeit die Dankbarkeit entgegenzubringen, die sie verdient. Wir versprachen einander, uns zu helfen, alle Steine aus dem Weg zu räumen, die den Fluß unserer Herzen behinderten. Wir versprachen einander, uns in dem Raum zu treffen, in dem unsere Herzen – und nur unsere Herzen – zusammenfinden wollten.
Als all das so zum ersten Mal gesagt und gefühlt war, lachte der Weltgeist voller Heiterkeit auf, und dann breiteten wir unsere Flügel aus und schwebten hoch und flogen weit, weit hinaus in die unendlichen Räume des Weltenraumes, den man die Seele nennt.
Tja.
So war das.
Wollen Sie noch eine Cremeschnitte?